ハヤカワ文庫JA
〈JA1319〉

誰も死なないミステリーを君に

井上悠宇

早川書房
8140

誰も死なないミステリーを君に

「あのひとしんじゃうよ。お顔がまっくろだから」

幼い私の指さす手を、母は眉をひそめて下ろさせた。

プロローグ

「もし、タイタニック号に乗っていたらなんだけど——」

遠見志緒《とおみしお》は読んでいた『グランド・バンクスの幻影』を閉じるとそう話を切り出した。

「グランド・バンクス沖で氷山にぶつかって、みんなが海に放り出されるの。その時、もし、自分だけが運よく救命ボートに乗れたら、佐藤くんは溺れてる人も救命ボートに引っ張り上げて助けてあげる？」

給水塔の陰で彼女の隣に座っていた僕は、校舎の上に広がった青空に浮かぶ羊の形をした雲に思いを馳せていたが、その思考を一旦中断して「そうだね」と答えた。

「でも、タイタニック号には二千人以上の乗組員や乗客が乗っていたのに、救命ボートはその半分しか乗せられない数しか用意されてなかったんだって」

「ひどい話だ」

「そう。だから、手当たり次第にボートに乗せたら、すぐに満員になってしまうの」

「無理してたくさん乗せようとすると、ボートが沈むかもしれない」

「そうだよ。満員になっちゃったらどうする？　助けるのをやめる？」

「やめるよ。それ以上は助けられないってことだから」

「そっか。私はね――」

志緒は決意のこもった瞳で僕をまっすぐに見る。

「私は、それでも、みんな助けたいって思うの。全員が私に手を伸ばすなら、全員の手を摑んで引き上げたいって」

僕はその薄茶色の瞳を見返す。あまりに色素が薄くて、彼女の瞳は僕を通り越してどこか遠くを見ているのではないかという気になる。

「それって、君が無理に全員を助けようとしたせいでボートが沈んで、君を含めて助かるはずだった人たちが助からなくなるとしても、そうするってこと？」

志緒は少し黙ってから答えた。

「今までの私だったら諦めてたと思う。ボートに乗れなかった人が死ぬって分かってても、そういう運命なんだって、助けられないものは助けられないって、ボートの隅っこで耳をふさいで目をつぶったと思うの」

「そうしたって、誰も君を責められない」

「ううん、言いたいのは、そういうことじゃなくて」

羊から鳥みたいな形に姿を変えた雲が浮かんだ青空を志緒は見上げる。

「私は佐藤くんなら全員助けられるようにしてくれるんじゃないかなって思ったんだよ」

僕はとても困った顔をした。志緒が見ていれば、右眉と左眉がくっつきそうになるくらい近づいたのが分かっただろう。

「僕が？　どうやって？」

「例えば、不思議な力で救命ボートを大きくするとか、たくさんの救助ヘリコプターを連れて颯爽と現れるとか。溺れている人を引っ張り上げて助けようっていう、たった一つのことしか考えられない私に、もっと別の冴えたやり方を見せてくれるんじゃないかって」

僕は魔法使いでも、ハリウッド映画のヒーローでもない。

それでも、返答は決まっていた。

「僕にできるなら、そうするよ」

膝を抱えて座る志緒は嬉しそうに顔を傾け、こちらを見て微笑んだ。

「うん。だからね、佐藤くん。私たちが助けられる人は助けよう」

「それ、すごく当たり前のことのように聞こえるけど」

「だって、当たり前だもの」

「言っておくけど、当たり前のことを当たり前にやるのって難しいよ」

「それでも、私たちは、当たり前のことを当たり前にやろう。その為に、巨大な豪華客船の沈没を未然に防がなくちゃいけなかったとしても」

それはタイタニック号の沈没になぞらえた、彼女の特異体質の話だった。

手を差し伸べなければ、死んでしまう人を救おうという、ただそれだけの話。

「いい？　佐藤くん。私たちは、親切や優しさや愛で、こっそり世界のネジを巻くの」

それは、悪くない提案だった。

そういうわけで。

高校生だった僕たちは、そんなふうに世界のネジを巻くことにしたのだ。

§　復讐の女神の指輪

地下にあるアウトドア用品店で練炭を買った。
私はその練炭で自殺するつもりだ。

本当にそれが、手段として正しいのかはわからない。
何か他の解決策があるのかもしれない。
誰かに相談するべきなのかもしれない。
でも、もういい。もういいのだ。
悩みを聞いてくれる人なんて、私にはもういない。
親友だと思っていた彼女も、誰よりも信用していた彼も。

——その二人こそが私を裏切っていたのだから。

明日の午後、彼が家にやってくる。

来週に迫った私との結婚式の打ち合わせの為である。

しかし、その時、彼が見つけるのは、変わり果てた私の姿だ。

目張りテープで密封された浴室に横たわり、婚約指輪を嵌めた手をこれ見よがしに胸においで、練炭の入ったコンロを傍らに、永遠に目覚めることのない夢を見ている。そんな私を彼は発見するだろう。

さぞかしショックを受けるに違いない。

結婚式の直前に婚約者が自殺してしまうのだから。

その光景は忘れようとしても忘れられない記憶になるはずだ。

死んでも、彼の心に居続ける。

それが、私の考えた彼への復讐だった。


私は自宅マンションのエレベーターに乗り込み、自宅がある階のボタンを押す。

買ってきた練炭の袋はそれほど重くなかった。

まるで、私の命がその程度の重さだと言わんばかりに。

エレベーターホールを抜けて、通路に入った時、私は思わず「えっ」と声を漏らした。

私の部屋の前で、外壁の縁に青年が腰かけていたからだ。

外側に足を放り出した状態で、両手を縁についている。軽く背中を押されただけでも、そこから落ちてしまいそうだ。ここはマンションの六階である。下は植え込みもなく、砂利を敷いた路地があるだけ。さすがに、落ちたらただでは済まないだろう。

「……そこで何をしているの？」

刺激せぬよう青年から距離を取って立ち止まった私は、そう声を掛けた。

「あ、こんにちは」

今気付いた、というふうに、青年はこちらを振り向く。

そして、何でもないことのようにこう言った。

「ここから飛び降りようと思うんです」


どうして、と思う。

どうして、私の部屋の前で？

どうして、よりにもよって、このタイミングで？

「彼女に振られたので」

感情を押し殺したような青年の言葉は、全く冗談に聞こえなかった。

＊

それは僕が大学生になって三年目の初夏のできごとだ。

時刻は正午を過ぎた頃。

電車を駅のホームで待っていると、携帯電話に着信が入った。

「もしもし、佐藤くん？　私、近所のお姉さんを助けたいんだけど」

電話の向こうで、遠見志緒が息を切らせているのが分かる。

「そのお姉さん、かなりヤバい状態なの」

志緒は僕と同じ大学の一年生。学部も同じだ。この後、同じ授業に出る予定だった。

「どのくらいヤバいんだ？」

「い、い、い、いきなりモザイク」

「いきなりモザイク」

あまりにヤバい状況だったので、思わず繰り返してしまった。

「それは大変だな。何事も、いきなりはよくない」

「そうなの。いきなりはよくない」

「いきなり訪ねてお嬢さんをくださいと言っても、オーケーオーケー持っていきなって軽いノリで了承してくれる父親なんていないし」

「そうね。前もって知らせておくべきだわ」

「いきなり好きです付き合ってくださいと言われても、相手を知らないことには、どう返事をすればいいのか分からない。物事をうまく進めるには、手順と準備が必要なんだ。もし、告白するなら――」

「ねえ、佐藤くん、その話、長くなる?」

「長くならない。もう、終わった」

「よかった。長くなるのなら、日を改めてって思ったの」

「そうだね。じゃあ、僕はどこに行けばいい?」

「今は私のマンションの近くにいるけど、どこかに向かってるお姉さんの後をつけてるから、またメッセージで場所を送るよ」

「わかった。とりあえずそっちに向かうよ」

僕は電話を切り、大学に向かうのとは反対方向の電車に乗った。

おそらく午後の講義には出られないだろう。

しかし、いきなりモザイクなら仕方ない。

それは何よりも優先して対処するべき事態だった。


なぜなら、好奇心は猫を殺すが、そのモザイクは人を殺すからだ。


遠見志緒には特異な体質があった。

相手の目を見ると、その人が死ぬ運命にあるのかどうか、彼女には分かるのだ。

志緒は、これから死んでしまう人と視線を合わせると、相手の顔に死線が見える。

死線とはつまり、志緒にだけ見える死の予兆である。便宜上、僕が名づけた造語だ。最初の段階は両目を隠すように引かれた黒い一本の横線が見えるそうだ。それは雑誌に載っている顔写真によくある、プライバシー保護の黒い目線隠しのような感じらしい。

この線が見え始めると、その人は近いうちに死ぬ。近いうちといっても、今日、明日ということではなく、まだ少し先の話だ。場合によっては一週間先ということもある。

死線は〝その時〟が来るまで一本、また一本と増えていく。やがて、顔中を縦横無尽に走り回り、頭を含めた空間ごと黒色で覆いつくして、その人が誰か全く判別できなくなってしまったら、いよいよその時である。その状態がモザイク。厳密にはモザイクではないが、僕たちはその最終的な状態を分かりやすくそう呼んでいた。

死線は必ずしも一本の状態から始まるとは限らない。今回がその場合で、志緒が尾行しているお姉さんの顔に現れた死線は、最初からモザイク状態だった、ということになる。

それが彼女の言った〝いきなりモザイク〟の意味だ。

最初から〝その時〟が近くて、猶予が無い状況。

例えるなら、道端で頭から血を流し、白目を剥いて倒れている誰かを発見したような状況だ。しかも、その致命傷は、志緒にだけしか見えないのである。そりゃ、彼女も焦るだろう。

だから、僕は電話であえて軽口を叩いた。

重い状況に対して軽口を返すことで、傾いてしまった天秤のバランスを取る。

いきなりモザイク？　オーケー、いったん落ち着こう。

軽口はそういう合図だった。

話を戻そう。ここで言っておきたいのは、死線が現れたからといって、それは確実な死の運命を表すものではないということ。

死線は回避可能な死の予兆なのである。

自殺、他殺、事故死といった形で死ぬ人の顔に死線は現れる。だが、寿命で死ぬような老人の顔には現れない。たぶん、それは回避できない死だからだろう。それがその人の寿命であり本来の運命だった、と言ってしまってもいいかもしれない。

死線とは、本来の運命を阻害する死の要因が発生した時、志緒にだけ見えるSOSサインだと僕は考えている。

正しいやり方で死の要因を取り除けば、死線はその人の顔から消える。

死線が見える志緒と、彼女の突飛な言葉を信じる僕だけが、見えない致命傷を負った誰かを助けることができるということだ。

僕はそれを「合法的モザイク消し」と表現した。

ルールに則ってモザイクを消去する。

うまく表現できたなと一人悦に入っていたが、志緒に「違法なモザイク消しなんて存在するの？」と聞き返されて、とても困った。世の中にはモザイク消しが違法になる世界があるのだけれど、そんな異世界のことは知らなくていい。

志緒と僕は高校生の時に出会い、それ以来、たくさんの「合法的モザイク消し」を行ってきた。彼女の美しい言葉で表現すれば、親切や優しさや愛でこっそり世界のネジを巻いてきた、ということだ。

他の誰も知らないし、誰からも評価されることのない、ボランティア活動である。

それでも僕らは、そういうふうに世界を動かそう、と二人で決めたのだ。

携帯電話に志緒からメッセージが届いたので、それを確認する。

次の駅で降りれば、合流できそうだ。

僕はふと思い出す。そういえば、反対方向の電車に乗ったということは、通学定期の範囲外で、追加料金が発生するのではなかろうか。財布の中を見る。昼食代である小銭の三百円しか入ってない。大学についたら、まず食堂で食事をとるつもりだったのに。

お昼ご飯は抜きか。

食べられないとわかった瞬間に、お腹が盛大にぐぅーっと不満を訴えた。

くそう、こいつ、意志を持っているのか。

顔を赤くした僕は駅に着くまでお腹に力を込めて、その不満の声を抑え込んだ。

「早かったね」

地下にあるアウトドア用品店で、僕を見るなり志緒が安心したように表情を緩めた。

「そりゃ、いきなりモザイクだからね」

志緒は紺色の上着、白いブラウスにプリーツスカートという、飾り気はないが品の良い格好をしていた。彼女の家は大変なお金持ちなので、肩に掛けている鞄も靴も、どれもが一見して上質のものだとすぐに分かる。

たいして、僕の服装は上からキャスケット、シャツに薄手のニットカーディガン、ジーンズ、履き古したデッキシューズである。僕は、長袖と半袖のシャツ一枚ずつ、下着が二枚、ジーンズが一本に、上着が一着、冬用のコートが一着、靴一足、それだけあれば、生きていけると考えていた。だから、それらがくたびれて着れなくなるまでは、同じ格好に落ち着くのだ。身分相応という言葉があって、志緒には質のいい高級品がよく合うが、僕はそういうものだと本体が見劣りしてしまう。

ただ、僕の唯一のおしゃれ部分と言えるこのキャスケットだけは気に入っていた。これは志緒が誕生日にプレゼントしてくれたもので、大切にいつも身に着けている。

「あの人が今回のモザイクさん」

志緒は商品棚を挟んだ向こう側に目配せをした。

レジで買い物をしようとしているその人が死線の現れた人物らしい。

それは、色白の華奢な女性だった。日に焼けてもいない細腕は、アウトドア用品店に似つかわしくない感じを受ける。普段着らしい半袖のブラウスにロングスカート。ピンク色の長財布を片手に持っていて、鞄は持ってきていないようだ。顔色は悪く、余裕のない表情をしていた。

「あのお姉さん、きっと、自殺を考えてるんだわ」

「自殺？　確かに、猫に追い詰められたネズミみたいな顔をしてるけど。どうして自殺を考えてるって思ったんだ？」

「ねえ、佐藤くん。窮鼠猫を噛むって言葉があるじゃない？　そのイメージだと、猫に追い詰められたネズミは、死に物狂いで噛みつこうとして、すごい形相になってるんだけど、お姉さんは本当にそんな顔をしてるの？　あのレジで？」

　僕はしまった、と思った。

「いや、そんな顔はしてない。全然、前歯は剝きだしてない。僕が言いたかったのは、追い詰められたような顔をしてるってこと」

「そう、よかった。今にも、ひっさつまえばを繰り出そうとしているところだったら、自殺じゃないのかもって思った」

　お姉さんの顔にモザイクがかかって見えている志緒には、その表情が分からない。だから、お姉さんがひっさつまえばを繰り出そうとしていないことを、僕がちゃんと彼女に伝えなくてはいけなかったのだ。

「なぁ、志緒、ひっさつまえばって何？」

「ひっさつのまえばよ。窮鼠猫を嚙む、ひっさつの一撃」

　猫は死ぬ。好奇心と共に。

「あのお姉さんね、練炭をレジに持って行ったの。だから、自殺かなって」

「でも、それだけじゃ判断できないだろ。練炭で魚を焼くのかもしれないし」

　志緒は首を横に振る。

「練炭は石炭でできてるから、魚を焼くのには適してないの。魚を焼くなら木炭。練炭はストーブ代わりに使ったり、暖を取る為に使う。だから、買うとしても寒い季節だよ」

今は梅雨が明けて初夏である。志緒の言うように、確かに練炭の購入は季節外れだ。

「でも、自殺なら他にも方法があるだろ？　首吊りとか、手首を切るとか」

「練炭による一酸化炭素中毒死は楽に死ねる方法だって言われてるの。死に様も綺麗だって。女性はそういうのも気にするのよ。本当にそうなのかは、まだ分からないけど」

なるほど、と僕は頷いた。

お姉さんが会計を済ませて店を出て行こうとしたので、僕たちはそこで話を止めて、その後を追う。

死線を消す為にまず必要なのは、その人が何で死ぬかを判断することだ。

自殺なのか、誰かに殺されるのか、事故に遭うのか。

人が死ぬ要因は様々で、それを特定するのはとても大変である。

タイムリミットまでに僕たちがしなくてはならないのは、注意深く情報を集め、死の要因を推理して取り除くこと。観察しても分からなければ、その人に接触して話を聞く場合もある。死ぬという結果が発生するのなら、それを引き起こす要因も必ず存在するからだ。

地下から外に出た所でお姉さんは立ち止まった。

そして、空を見上げて、太陽の眩しい光線を遮るように手をかざした。手に持った長財布の影が彼女の顔に落ちる。すると、急にお姉さんは表情を曇らせて、何やらごそごそと手を動かし始めた。

僕たちはそれとなく気にしながら、距離を取る。

「お姉さん、今、薬指の指輪を外そうとしたね」

志緒が目ざとくそれに気付いた。

「指輪を？　どうして、こんなところで外すんだ？」

「ううん、外そうとして元に戻した」

「外そうとして元に戻した？」

僕にはその行動理由がさっぱりわからない。

「お姉さん、陽ざしに手をかざして、嫌な顔をしたの。きっと、指輪が視界に入ったのね。それで指輪を外そうとして、やっぱりやめた。あれは左手の薬指だったから、婚約指輪だと思う」

「左手の薬指なら、結婚指輪だろう」

「小さなダイヤモンドがついてたんだよ。結婚指輪は日常的につけるものだから、石をつけないの。当たって怪我しちゃうでしょ。だから、あれは婚約指輪」

「僕はダイヤモンドにも、指輪を外そうとしたことにも気づかなかった」

「気にした方がいいよ。女の人って、そういうの察して欲しい生き物だから。前髪を一センチ切ったとか、化粧を変えたとか」

鈍感な僕はそこで、はっと気づく。

「もしかして、志緒、今日、化粧を変えた?」

早くそれに気づけよという前振りなのでは?

志緒は仄かに赤く色づいた唇を笑みの形に歪ませる。

「残念。私は化粧しない。いつも色付きのリップを塗るくらい。私にはそれで充分」

童顔で肌の綺麗な志緒は、よく女子高生に間違われる。

「確かに、充分だね」

「そうでしょ」

また、歩き始めたお姉さんの後を、僕たちはついていく。

志緒は俯きがちに歩きながら自分の考えを口にする。

「お姉さんは婚約が駄目になってしまったのかもしれない。だから、絶望して練炭で自殺をしようとしている」

「婚約が駄目になったから、婚約指輪を外そうとしたってことか」

「うん。でも、結局、外さなかったのはどうしてなのかな」

その理由を僕は考える。さっきからあまりうまく頭が働かないのは、朝から何も食べてないせいだろう。頭が悪いんじゃなくて、糖分が足りないのだ、きっと。

近くにある鯛焼き屋から甘い香りが漂ってきて、また、お腹が不満を唱えそうになったので、力尽くで抑え込んだ。

「指輪を外さないといけないけど、お姉さんとしては、外したくないんじゃないか？」

僕の思い付きに、志緒は「そっか」と呟いて、長い睫毛をパチパチと瞬かせた。

「なるほどね。お姉さんに問題があって結婚が駄目になったんじゃないんだね。だから、自分から外したくない。自分は悪くないのに、どうして外さなくちゃいけないのって思ってる。指輪を外すことが不本意なんだ」

「つまり、婚約者である男の方が問題を起こしたってことか？　一方的に別れを切り出されたとか？　あるいは、婚約者が死んでしまったとか」

「浮気じゃない？　男はチャンスがあれば、浮気をする生き物だから」

「僕はしないけども」

「どうだろうか」

意外と自分の信用が低かったことに僕は少なからずショックを受けた。

「でも、本当に自殺なのかな？　僕にはそんなふうに思えないけれど」

「違う気がする？」

「なんかこう、自殺したいと思っていなさそうなんだよ」

さっきは否定したが、それこそ、ひっさつまえばを繰り出そうとしているような――

「季節外れの練炭まで買ったのに？」

「まぁ、そうなんだけど」

自分が抱いている違和感をうまく説明できない。

「私、佐藤くんの、閃きを頼りにしてるんだよ。もっと、閃いて」

「閃きは、切れた豆電球を代えるようにはいかない」

僕はまるで哲学者のように厳かに言う。

「でも、切れた豆電球に価値はない」

志緒はまるで経営者のようにそう断じた。

――ひどい！

この後、突然お姉さんが交通事故に遭うという可能性はある。

だが、死線が現れた人が完全な偶然によって死ぬというケースは今までになかった。その人を救う為の手掛かりが必ず存在するのである。慎重に手掛かりを拾い集めれば、救うチャンスはいつか訪れる。それを僕たちは経験から学んだ。

まるでそれは、いじわるな死神がヒントをばら撒いて、僕たちを試しているかのようだった。もしかすると、その死神は、解決できないミステリーなんてつまらないと考えているのかもしれない。

お姉さんがコンビニに入ったので、少し間を空けてから僕たちも続いた。

「ここ、私がよく来るコンビニだよ。たぶん、このままマンションに帰るコースだね」

志緒は温泉たまご味のポテトチップスを手に取っている。

お姉さんは家に帰るつもりなのだろうか。

目的地が分かるとこちらも行動しやすくなるのだけど。

商品を眺める振りをしながら、レジで会計をしているお姉さんの挙動を窺っていた僕は、彼女のおかしな行動に気付く。

受け取った釣銭を財布に入れようとしたお姉さんがその手を止め、店員の様子をちらっと窺った後、財布の中からお札と小銭を取り出して、釣銭だけでなく、その全部を募金箱に入れたのだ。

それを目撃した僕は、隣でショートケーキ味のポテトチップスと、腕を組んで睨めっこしている志緒の袖を引っ張って、すぐにそのまま連れ立って外に出た。

「君の言う通りだ。あの人は自殺しようとしている」

見通しのいい駐車場は避けて、コンビニの入り口が見える物陰まで移動する。

「自殺で間違いないのね？」

「うん。さっき覚えた違和感の正体が分かったんだよ。どうして練炭をお店に買いに行ったのか。そんなのはインターネットで簡単に買えるのになって思ったんだ。季節外れの練炭なんて、お店で買ったら目立って仕方ないじゃないか」

「確かにそうね。わざわざ自分でお店に足を運んで練炭なんて買うから、私も自殺するのかなって思ったし」

「それだよ。お姉さんは気付いて欲しかったんだ」

「どういうこと？」

僕はそう考えた理由を話す。

「さっき、お姉さんは店員の目の前で財布の中にあるお金を全部、募金箱にいれたんだよ。まるで、自殺する自分にはもうお金なんて必要ないとでも言いたいみたいに。でも、普通、自殺しようとしている人は、周りに気付かれたくないはずなんだ。自殺を邪魔されるから」

「そうね。誰だって自殺に気付いたら、止めようとするわ。そっか、お姉さんは誰かに自殺を止めて欲しいのね。だから、わざわざお店に買いに行ったんだ。目立つことで周囲に自殺を仄めかしている」

その通り、と僕は頷いた。

「でも、佐藤くん、お姉さんの自殺を止めるにはどうすればいいの？　たとえ、私たちが練炭を奪っても、自殺を思い留まらないと思う」

志緒の言うように、練炭自殺を阻止したところで死線は消えないだろう。

お姉さんが誰かに自殺することを気付いて欲しがってるのは確かだが、それでも、自殺しようという意志は確かにある。死線を消すには、その意志を変えなくてはいけないのだ。

「自殺なんてやめてくださいって、説得してもダメでしょ？」

志緒が僕を必要としているのは、こういうところでだ。

彼女は頭も良いし、努力家だ。だから、僕がいなくてもいずれは真相には辿り着く。でも、心根のまっすぐな彼女は、正攻法しか思いつかないのだ。

死を選ぶのはよほどの決心である。

本人が自殺を止めてもらいたがっていても「自殺なんてやめた方がいいですよ」といきなり声を掛けただけでは、その意思を変えることはできないだろう。

いきなりはよくない。準備と手順が大事なのだ。

ここでやり方を間違えれば、全てが台無しである。

それが分かっているからこそ、志緒は僕を必要としていた。溺れている人を引っ張り上げることしか考えられない自分の前に、颯爽と僕が現れて救助ヘリコプターを引き連れてくることを期待しているのだ。

コンビニから出てきたお姉さんは、店の前で足を止め、買ったコーヒーを飲み始めた。

どうすれば、死のうとしている人を止められるか？

僕はその方法を考える。

「自殺を止めて欲しいのに、自殺をしようとしているのは、きっと、目的が自殺じゃないからだと思う」

「目的が、自殺じゃない」

確かめるように、志緒は繰り返す。

「外そうとして外さなかった指輪にはきっと意味があると思うんだ。それをつけたまま、自殺するのは——」

「復讐ね。私はあなたのことをこんなに大事に思っていたのにって、見せつけてやろうとしてる。浮気した婚約者に」

「浮気かどうかはわかんないけど」

「浮気だよ、きっと。男なんて、買ったピザを食べていても、横からこれどうぞって美味しそうなピザが差し出されたら、それにも手を出しちゃう生き物なんだから」

「……それは、君も手を出すよね？」

「そうなのよ、そういうことなの」

どういうことなのよ。

思考を元に戻そう。

もし僕たちの考える通りなのであれば、自殺は手段であり、目的は復讐だということだ。それなら、死ぬことが復讐にならない、というふうに思ってもらえればいい。目的が達成できない手段なんて、実行する意味がないからだ。

「一つ、方法を思いついたんだけど」

「どうするの？」

僕を見つめる志緒の薄茶色の瞳は期待に満ちていた。

彼女は氷塊の浮かんだ海にプカプカ浮きながら、僕を信じて待っている。

「僕も自殺しようと思う」

「逃げないで」

僕たちは、お互いにクエスチョンマークを頭の上に出しながら、しばし見つめ合った。

「いや、そうじゃない。ちゃんと、説明するよ」

僕は自分のキャスケットを志緒に被せた。

お姉さんは尾行されているとは思いもしていないだろうが、これまでの行動で、こちらの姿を見かけて印象に残っているかもしれない。少しでもカモフラージュを施しておこうと考えてのことだ。

「僕はお姉さんの目の前で自殺する」

「だから意味が分からない。どうして佐藤くんが自殺するの？」

不満そうに志緒が眉をひそめる。

「実際にはしないよ。それを君が思い留まらせるんだ。その光景をお姉さんに見せる。その後、君と一緒になって、お姉さんに僕の自殺を止めてもらう」

死のうとしている人が、同じように死のうとしている人を前にしたら、興味を持つだろう。きっと、そこから話し合いに持っていけるはずだ。

自殺を考えている者に誰かの自殺を止めさせる。

それが僕の導き出した、解決への手段である。

自分が止める立場になれば、客観的に自分の状況を見つめ直すことができるはずだ。それでなくともお姉さんは自分の自殺を誰かに止めてもらいたがっている。そうならば、誰かの自殺も止めてくれるのではないだろうか。

僕たちがお姉さんの心を救うのではなく、自分で自分の心を救ってもらうのである。

「私は、どうすればいい？」

それは僕の自殺方法次第だ。

「お姉さんの部屋がどこか分かる？」

頷いた志緒は、彼女の部屋が自分の住んでいるマンションと同じ六階であることを教えてくれた。志緒のマンションの構造は知っている。

「それなら、飛び降り自殺にしよう。僕はその部屋の前に先回りするから、君はこのままお姉さんの後をつけて、本当に帰宅するのかを確認して欲しい。行き先が変わったら教えて。もし、マンションまで帰って来たら、携帯にメッセージを送ってくれ。そしたら、僕は部屋の前の外壁に座る。あとは下の路地から僕を見ていて、もし、僕が腕時計を見たら、それを合図にこっちに来てくればいい」

「わかった。それだけ？」

志緒は被り心地が悪かったのか、キャスケットを両手で持ち上げて被り直した。

「うん。こっちに来たら、まず、お姉さんの目を見て、死線が消えているかどうかの確認。もし、消えてなかったら、本気で僕の自殺を止めて欲しい」

「わかった。本気で止める」

志緒はいつも当たり前のことを当たり前のように言う。

すなわち、それは正論だ。

まっすぐで正しい言葉は、良くも悪くも、人の心に突き刺さるものだ。

「君が来ても、僕は君の顔を見ない。でも、僕が君の顔を見たら、君はお姉さんの顔を見るんだ。きっと、その時、死線は消えてると思う。消えてなかったら、もう一度。消えるまで何度も。いつもみたいに、僕ができることは手伝いだけ。死線を消すのは君だよ、志緒」

「わかった。でも――」

志緒は言いづらそうにして下唇を噛んだ。

きっと、飛び降り自殺の振りをする僕のことを心配してくれているのだろう。

「でも、何？」

魔が差した僕は、優しい言葉を彼女の口から聞きたくなった。きっと、僕が死んだら自分も生きてはいられないといったような、そんな言葉が聞けるに違いない。

「もしもの時は、本当に飛び降りても大丈夫。佐藤くんの顔に死線は現れてないから」

「……助かる」

＊

私はひどく困惑した。

あまりに不意打ちで急激なストレスだったのか、私のお腹はグギュルと小さく蠢く。さっき飲んだコーヒーが逆流しそうになる。私は胃腸が弱いのだ。

たやすく寝癖がつきそうな、くしゃくしゃの髪をした青年は言葉を続ける。

「もうすぐ彼女がここを通るので、それを待っているんです」

淡い色のニットカーディガンにジーンズ。繊細そうな顔立ちをした青年だった。とても優しい目つきをしている。しかし、その表情からは、思いつめたらとんでもないことをしで危うそうな、危うさがあるように感じ取れた。

痩せて見えるが、ご飯はしっかり食べているのだろうかと、私は余計な心配を抱く。

「僕のことは気にしないで」

気にしないでと言われても、それは無理な話だ。

もし仮に、この青年がここから飛び降りたら、しばらく騒ぎになるだろう。きっと、警察官がやってきて「あなたの部屋の前から飛び降りた青年について何か知っていませんか」と、私の部屋のドアを叩くに違いない。

それは大いに困る。今から私のしようとしていることの邪魔になる。

浴室の窓が廊下側についているのだ。曇りガラスにはなっているが、騒ぎになったり、警察官が来たりしたら、そのガラス一枚隔てた所で起きている異常事態に、誰かが気付くかもしれない。そうなったら、私の計画は破綻してしまう。

私を最初に見つけるのは、絶対に、彼でなくてはならないというのに。

「何も気づかなかった振りをして通り過ぎてください」

その場から動こうとしない私を見かねた様子で、青年は僅かな苛立ちを見せた。

「まさか、ここに座った直後に人が来るなんて、タイミングの悪さに僕も驚いてるんです。あなたに迷惑をかけるつもりはありません」

「でも――」

自分の部屋の前なので飛び降りられることが迷惑であり、さらには、自分もこれから自殺するところだから邪魔なのだ、なんて言えなかった。

——ああ、困った。

なぜこんなことになったのか。どうやら、私は、私の計画の為に、青年が外壁から飛び降りるのを阻止しなくてはならないらしい。まさか、練炭自殺を企てている私が、飛び降り自殺を止めるように説得しなくてはならないなんて。

「……何か、別の、解決策が、あるんじゃない？」

どう説得すればいいものか、やっとのことで私が絞り出した返答がそれだった。

とにかく、飛び降りだけは止めさせなくてはならない。

「別の解決策って何ですか？」

そんなものがあるのなら、マンションの六階から飛び降りたりしない。

青年の言いたいことは分かっている。私もそう思う。

「……話し合う、とか」

自分の言葉が上滑りしているように感じるのは、心にもないことを言ったからだ。

「すでに話し合いました」

青年は視線を落として俯く。

「話し合っても無駄でした。彼女は心変わりをしてしまったんです。たとえ元に戻せたとしても、変化したものは、完全な元の状態には戻せない。壊れた花瓶を接着剤で無理にくっつけても、ヒビが残るみたいに。だったら、僕がその変化を受け入れるしかない。でも、それを受け入れるということは、僕たちの関係が終わるということです」

落ち着いて答える青年の顔には、諦念が漂っていた。

青年は変化を受け入れた。だからこそ、終わってしまった。

そして、終わってしまったから、全てを終わらせようとしているのだ。

青年が彼女を待っているのは、きっと最後に自分の姿を憶えていて欲しいからだろう。マンションの六階から飛び降りる自分の最後の姿を、彼女の心に焼き付けさせようというのだ。その気持ちは痛いほどによく分かる。私も青年と同じ思いを抱き、そして、同じことをしようとしているから。

――きっと他にもいい人はたくさんいるよ。

――時間が経てば、そんなこともあったなって、思えるようになるはず。

――たかが、失恋で、死ぬことはないじゃない。

一体、どんな言葉を掛けられるというのだ。

どんな慰めの言葉も青年の心に届かないことを私は知っている。

なぜなら、そのどれもが、私の心に届かないからだ。

私たちは、同じ悩みを抱えて同じ結論に至った二人なのだ。

「何が可笑しいんです?」

知らず知らず、私は笑みを浮かべていたらしい。

青年が眉をひそめて、それを見咎める。

「いえ、ごめんなさい。そうじゃない。別にあなたのことを笑ったわけではなくて。不思議な巡り合わせというか。私、ここで、あなたに出会えて良かったなって思ったの」

「僕に出会えて良かった? どういうことですか?」

私はうまく答えられず、小さく頭を横に振った。

アウトドア用品店の店員もコンビニの店員も、誰一人として私のことに関心を寄せてくれなかった。でも、この青年だけは私を見てくれている気がして、それを嬉しく感じてしまったのだ。

「私も待っていていいかな?」

「え?」

その言葉が意外だったのか、青年は驚いたようだ。

「私もここで、あなたの待っている人が来るのを待つわ」

「……変わった人ですね。普通、こういう状況に遭遇したら、僕が飛び降りるのを止めようとするんじゃないですか?」

「でも、私が止めたところで、あなたの決意は変わらない。そうよね?」

視線を私から外した青年は、少し考えてから答える。

「……確かに。何を言われても、僕はここから飛び降りると思います」

「それは、たぶん、あなたを止められるのは、私ではないから。止められる人がいるとしたら、きっとそれは、あなたが待っている人だけだと思う」

「どうですかね。彼女にも止められないと思いますけど」

「そうね、無理かもしれない。でも、あなたがどうなるのか、私は知りたい。だから、一緒にここで待っててもいい？　邪魔はしないから」

もし、青年が飛び降りたとしたら、その時、その待ち人はどういう反応を見せるのだろうか。自分に青年が引き留められなくても、せめてその結末を見届けたい。

「……わかりました。そこにいてくれても構いません」

青年の座っている外壁の向こう側はマンションの裏手になっていて、いつも人通りがない。私の部屋の階の住人たちも皆働いていて、平日の昼間に帰ってくる者は少なく、短時間であれば、他の誰かにこの状況が見つかることもないだろう。仕事を退職してしまった私だけがいつも通りではなく、偶然に居合わせただけだ。

私は内壁に背を預けて、深く息を吐く。

「ねぇ、一つだけ、私からお願いがあるんだけど、いい？」

「僕が聞けることなら」

「あなたの待っている人が来たら、すぐに飛び降りるんじゃなくて、その人とちゃんと話をして欲しいの」

「もう一度？」

「もう一度」

今度の言葉は私の心を上滑りしなかった。

人の心を変えられるのは、やはり、言葉だと思う。

青年と言葉を交わすことで、私は少し変われた気がするから。

もう一度《アゲイン》——その言葉は、きっと明日は晴れるよっていう天気予報みたいだと思った。

「わかりました。約束します」

「ありがとう」

青年は腕時計を見る。

「彼女も、もうすぐ来ると思います」

私は持っている練炭の袋を反対の手に持ち替えた。

ずっと同じ手で持っていたせいか、指に手提げの跡がついてしまっている。

軽く思えても、練炭にはしっかりと重さがあるのだ。

それきり、二人は黙って、時が来るのを待った。

数分も経たぬうちに、人がやってくる気配がした。

エレベーターホールの方から人が来る。

それは印象の強い美しい少女だった。

膝までのプリーツスカートに、白くて爽やかなブラウス、紺色の上着を羽織っている。肩に少しかかった真っすぐな黒髪に、くっきりした目鼻立ち。頭にキャスケットを被って、両手を上着のポケットに突っ込んでいた。

自分の数歩先に視線を落として、こちらに向かって歩いてくる。

その少女とは何度かこのマンションですれ違ったことがあった。人目を引く、綺麗な子だったので憶えている。この階に住んでいたはずだ。

彼女が青年の待ち人だろうか。

どうなることかと、私は胸元で財布を握り、身を固くした。

少女は私たちのいる手前で立ち止まって、こちらに視線を向ける。

長い睫毛に縁取られた薄茶色の瞳は、西洋人形のようにパッチリとして大きい。

染み一つない白桃のような肌が、素直に羨ましいと思った。化粧もしてないだろうその肌は、射し込む太陽の光を受けて、淡く輝いているようにさえ見える。私なんて、右目の下にあるほくろを、いつも濃い目のファウンデーションで隠しているというのに。

しかし、少女が私を見たのは、ほんの一瞬だった。

少女はすぐに私から目を逸らし、その視線は再び足元に落ちる。伏せられた睫毛が僅かに震えた気がした。その仕草はまるで、恐ろしいものから慌てて目を逸らしたかのようだった。

そんなに私は酷い顔をしているだろうか。

そう考えて、私は今日、化粧をしていないことに気付いた。それなら、正視に耐えられないのも無理はない。眉毛なんて、描かなければほとんどないのだから。さきほどまでは何とも思わなかったのに、化粧をしていないことが急に恥ずかしく思えてきた。

少女は何かが気に食わないといったふうに首を横に振ると、顔を上げて青年を見る。

「それで、どうするつもりなの？」

耳に心地よく響く涼やかな声で、少女は青年に問いかけた。

外壁に座る青年、そして、それを見守るように所在なく立ち尽くす私。私なら状況を説明して欲しいところだが、少女は彼女なりに事態を把握し、私の存在を気にしないことに決めたようだ。

「ここから、飛び降りるつもりだよ」

青年は少女を見ることなく、当たり前のように答えた。

「どうして？」

「君に振られたから」

「私に振られたから、あなたはそこから飛び降りる」

確認するように少女は言葉を繰り返す。

彼女が青年の待ち人であることは間違いないようだ。

しかし、少女は全く平然としていた。青年の行動に、驚いたり、動揺したりしている様子はない。まるでこんなことは日常茶飯事だとでもいうみたいに。

そんな少女とは反対に、私はひどく浮き足立っていた。

傍観者である自分には、ことの成り行きを見守ることしかできない。

この先、青年がどうなるのかは、目の前の少女次第なのだ。

「なぜ、飛び降りるの？」

「それが僕の復讐だから」

「どうして、それが復讐になるの？」

少女は淡々と聞き返す。それは、青年の行動を止めようと考えているわけではなく、ただ、不思議に思うから聞いているだけ、という印象を受けた。

恋人を捨てた人たちと恋人に捨てられた人たち。

きっと、彼女たちは私たちの行動や思いが理解できないのだろう。

私たちが彼女たちの行動や思いを理解できないように。

一方の青年は外壁の縁に両手をついたまま、視線は遠く、空の向こうにやっている。

その横顔は、今にも切れそうな綱の上を渡ろうとしているかのような、張り詰めた面持ちだった。

「自分が振ったことが原因で、相手に目の前で死なれたら、ショックだろ？　振ったりしなければよかったって、ずっと後悔するだろ。僕は、君に後悔させたいんだよ。僕を振ったことを後悔させたいから、ここから飛び降りて死ぬんだ」

青年が求めているのは私と同じ、復讐であるようだ。

しかし、少女は首を傾げた。

「どうして、私が後悔するって思ったの？」

私は耳を疑う。

目の前で、かつて恋人だった人が死んでも後悔しないものなのだろうか。

「もし、私が後悔しなかったら、それは復讐にならないと思うんだけど」

確かに、少女の言う通りだ。私も青年と同じように、自分が死んだら相手が後悔するだろう、と頭から思い込んでいた。

そうでなかったら？

決死の行為にもかかわらず、相手が何も思わず、後悔なんてしなかったら。

私たちの復讐は成立しない。

そのことに今更気付いた私は身震いした。

それではただの自殺になってしまう。

私は復讐したいのであって、死にたいわけではない。

「あなたがそこから飛び降りても、私は後悔しない」

少女はさも当然であるかのように、きっぱりと断言した。

「たとえ、私に原因があったとしても、その選択肢を選んだのは私じゃない。どういう結果になろうと、あなたが決断して行動した責任はあなたにある。私はそんな結果を望んでいないけれど、あなたが望んだのだったら、それは仕方ない。私は、結局、受け入れて前に進むしかない」

青年は何も言い返さなかった。

いや、何も言い返せなかったのだろう。

「ねぇ、聞きたいんだけど、恋人に振られるのは、そこから飛び降りなくてはならないほどのこと？」

少女は青年を刺激しそうなことも平気で言ってのけた。

「これが最後の恋というわけでもないのに」

そうじゃない。

少女の言葉に、私は反感を覚える。

私は——

「最後の恋だと思ったんだよ」

まるで私の気持ちを代弁するかのように、俯きながら青年が呟く。

「僕は、運命だと思ったんだ。これが運命の恋なんだって。これが終わったら、もう全部終わりだって思ったんだよ」

呆れた、とでも言いたげに少女は小さく肩を竦めた。

「誰でも恋をしている時は、それが運命の恋だって思うんだよ。恋をする度にみんなそう思うの。運命の恋だと思わずに、恋愛をする人なんていない。毎回が運命の恋なの。だから――」

少女はまっすぐに青年の横顔を見つめる。

「その恋が終わっても、また、次がある」

次《アゲイン》がある。

希望に満ちたその言葉が、私にはひどく忌々しく聞こえた。

もう次がないと考えている者はずっと過去を見ているが、少女は違う。

次があると、明日を信じている人はきっと昨日を振り返らない。

だったら、私や青年がしようとしていることは、おそろしく滑稽で、無意味だ。

これから過去に属する私たちは、彼女たちの視界に入らないだろう。彼女たちが見るのは、太陽の降り注ぐ明るい未来だ。

ただの傍観者であるにもかかわらず、その言葉に私は打ちのめされていた。

空を見つめる青年と、その横顔を見つめる少女。

冷淡な態度に思える少女だったが、青年の飛び降りを止めたいという思いを抱いているのは私にも分かる。彼女なりの言葉で、青年を引き留めているのだ。

「いつも君は、当たり前のことを当たり前のように言う」

困った顔で青年はようやく少女に視線をやった。

「だって、当たり前だもの」

そこでなぜか、少女は青年ではなく私に視線を向けた。

私は少女のつぶらな薄茶色い瞳に見つめられる。

そして、少女は突然、ニッコリと私に微笑みかけた。

「お姉さんの、右目の下にあるほくろ。泣いてるみたいで可愛いと思う」

それだけを言うと、少女は私の前を通り過ぎ、そのまま青年の背後も通り過ぎて行ってしまった。

――それで終わり？

青年のことはもういいのだろうか。

今から飛び降りるかもしれないのに？

そうなっても本当に後悔しないの？

呆気ない幕切れに私は戸惑いを覚える。
ほんの数分の出来事だった。
少女が現れて、青年と少し言葉を交わしただけだ。
互いにそれでいいのだろうか。
私ならば——
……私なら？
私はこの後、青年がどうするのか、固唾を呑んで見守った。
飛び降りるのか、降りないのか。その決意は変わったのか。
青年が溜息を吐いて肩を落とす。
そして、こちらに向きを変えると、外壁から通路に降りた。
「……僕の選択は間違っていますか？」
私は首を横に振る。
青年には申し訳なく思う。
こんなことになるとは思ってなかった。
もし、彼がここから飛び降りるなら、少女と話をせずに飛び降りるべきだった。
それならまだ、希望を胸に抱いて飛べたのに。
「本当に飛び降りるつもりだったんです。でも、そうするのはなんだか——」

青年は気まずそうに苦笑しながら、柔らかな髪に手を突っ込んでグシグシと掻いた。

「悔しいなって思ってしまって」

ここで肯定してあげなければ、あまりに青年が救われないだろう。

「でも、それなら、また、次があるでしょう」

私はお天気お姉さんのように言った。お天気お姉さんほど美人ではないけれど。

「そうだといいですね。そんな可能性も、失ってしまうよりは、ずっと」

青年は少女と違う方向へとゆっくり歩いていく。何か声をかけようかと思ったが、ふさわしい言葉が見つからず、その背中が消えるまで私は青年を見送った。


独り通路に取り残された私は、ポケットから家の鍵を取り出し、ドアを開けて中に入る。小さな部屋のテーブルの上に、買ってきた練炭の袋を置いた。

さっきコーヒーを飲んだばかりなのに、また喉の渇きを覚え、冷蔵庫からよく冷えた麦茶を取り出してコップに入れて飲んだ。すると、急に目から大粒の涙が零れだして、ポタリポタリとテーブルの上に落ちた。

どうして、こんなことになったのか分からない。

うまく回っていた歯車が、どこかのタイミングで嚙みあわなくなったのだ。それに気付かない振りをすることはできても、いつかその違和感に私は耐えきれなくなるだろう。

涙が出尽くすまで泣いてから、ティッシュを取って鼻をかんだ。

今のは一体、どんな意味のある出来事だったのか。

練炭自殺を図る者が、飛び降り自殺を図る者と出会うなんて。

一生に一度、遭遇するかどうかという、不思議な体験だった。

世界がガラリと音を立てて変わってしまったみたいだ。

私は婚約指輪を外してテーブルの上に置き、椅子に座る。

そして、そこにある物を眺めて、これからのことを考えた。

私は初めて会ったあの青年に、自分を重ね合わせていた。だからこそ、もし、青年がその決意を変えられるなら、私も変われるかもしれないと思ったのだ。


指輪も、練炭も、涙も——

テーブルの上にあるものはどれも、もういらないものばかりだ。

*

「ねぇ、私に初めて言った言葉を憶えてる？」

マンションの屋上で柵にもたれかかりながら、先ほど買ってきたショートケーキ味のポテトチップスを口に入れた志緒は、なんとも言えない微妙な顔をした。

沈みかけの太陽が空を紫色に染めて、ビルでできた稜線に落ちていく。

「……なんだっけ？」

志緒の持っている袋からポテトチップスを一枚取り出して僕も口に入れる。

――なぜ、メーカーはこの味を販売しようと考えたのだろう？

空腹を加味してもこの程度とは。

「〝飛び降りないでくれ〟って言ったんだよ」

「よく憶えてるね」

「思い出したの。さっき」

確かにそうだった。

あれは僕が高校三年生で志緒が一年生の時のことだ。

その頃の僕は校舎の屋上を居場所にしていた。屋上に続く扉には鍵が掛けられていたのだが、知人が複製した鍵を譲り受け、こっそり忍び込めた僕は暇があれば屋上に行って、本を読んだり音楽を聴いたりしていた。屋上は僕の秘密の隠れ家だった。

それなのに、ある日、その扉を開けて、誰かがずかずかと屋上にやってきて、いきなり、外に面したフェンスに手をかけ、よじ登り始めたのである。しかも、その誰かは僕の学校の生徒ではなく、近くのお嬢様学校の制服を着ていた。

もし、ここから飛び降りる生徒なんていたら、今よりも警戒が厳しくなって、忍び込むことが難しくなるだろう。

そう思った僕は「飛び降りないでくれ」と声を掛けたのだ。

その相手こそが志緒だった。

「どうしてあの時君は、フェンスによじ登ろうとしたんだっけ？」

「……ねぇ、佐藤くんは、傘を持って旧校舎から飛び降りた生徒のこと、憶えてる？」

少しの沈黙の後、僕の質問には答えずに、志緒はそう聞き返してきた。

「憶えてるよ。名前は忘れたけど、男子生徒だろ」

志緒と出会う一週間ほど前の事件だ。

僕の通っていた高校は教室がある新校舎と、部室や準備室がある旧校舎に分かれていた。僕が隠れ家にしていたのは新校舎の屋上の方だ。

その日、それとは反対側の旧校舎で火災が起きて、屋上に追い込まれた男子生徒が傘を持って中庭に飛び降りて死んだ。ショッキングな出来事だっただけに、様々な憶測が飛び交ったが、結局、事故だったのか、自殺だったのか、わからず仕舞いだった。

僕は、あの時——

「傘を持ってても、高い所から飛び降りたら、人は死んでしまう」

志緒がものすごく当たり前のことを言ったので、僕は考えるのを止めて「そうだね」と答えた。傘では人の命は支えきれないだろう。

「確かめてみたかったの。自分が学校の屋上から飛び降りる勇気がもてるか。旧校舎の屋上には入れなかったから、新校舎の方で」

「どうだった?」

「高い所は怖かった。きっと、私にはそんな勇気もてない。まぁ、あのフェンス、内側に返しがついてたから、そもそも越えられなかったんだけど」

「怖いことから逃げるのも、勇気だと思うよ」

僕は志緒の被っているキャスケットを取って、自分で被る。解放された彼女の柔らかな髪が風にそよいだ。

「ねぇ、お姉さんの死線が消せてよかったね。佐藤くんも飛び降りずに済んだし、それにこのポテチも美味しいし」

「マジで?」

前半は同意するが、後半には同意しかねる。

「もちろん。マジで」

志緒は僕にニッコリと微笑みかけて、すぐに「あ」と声を漏らした。

「何? どうかした?」

「別に何でもない」

背後から照らす夕日が、視線を落とした志緒の顔に影を作っていた。

パリパリとポテトチップスを齧りながら、彼女は何かを考えているようだった。

僕は志緒の隣で、柵に両肘を置いて、眼下の景色を眺める。

そして、傘を持って旧校舎から飛び降りた男子生徒のことを思った。

たとえ、傘を大きく開いて高い所から飛び降りても、人はメリーポピンズみたいにふわりと着地できない。

すごく当たり前のことだ。

「なぁ、志緒、帰りの電車賃貸してくれない？」

「ハイヤー呼んであげる」

§ そして誰もいなくならなかった

死線が顔に現れた人に、そのことを告げるべきかどうかは、いつも悩む。

私がそんなことを告げた所で信じない人が大半なのだろうけれども、回避できる死の運命なのだから、告げるべきなのかもしれないとは思う。

万が一にでも信じてもらえたなら――私が胡散臭いインチキ占い師みたいに思われても、その人が助かる可能性はぐんと上がるはずだ。事故が起きるかもしれないと注意しながら運転をするのと、事故なんて絶対起きないと考えて運転するくらいの差はあるんじゃなかろうか。

それでも、死線のことを本人に告げるのは、できる限り後回しにしている。

だって、それを告げた人に私が警戒されてしまったら助け辛くなってしまうし、おおっぴらに私のことが評判になって〝恐怖、死線が見える女〟なんてホラーっぽい特集を週刊誌に組まれても困るからだ。だから、私と佐藤くんはこっそりモザイク消しをする。

そういえば、私がモザイク消しと言うと、佐藤くんは「その表現はよろしくない」と眉をひそめる。意味が分からない。わかりやすいと思うのだけれど。

まぁ、とにかく、自分が死ぬかもしれなかったなんてことは、知らずに済むに越したことはない。知ったところでなんのメリットもないのだから。

ただ、それも、私が佐藤くんに、死線は回避できる死の運命であることを教えられてからの話だ。それまでは、私は死線を絶対的な死であると思っていた。顔が真っ黒なモザイクになってしまったら、その人は必ず死ぬと考えていたのだ。

そんな頃に、死線のことを告げるのは、死の宣告と同じだった。

死線のことがよくわかっていなかった子供の頃ならまだしも、どういうものかを理解してからは、私は死線が見えても黙っていた。

自分が何時《いつ》死ぬかなんて知らなくていいし、知らないのが普通だ。

私は死神じゃない。

死の運命に対して何もできないなら、なおさら言う必要はないと考えていた。

だから、私はいつも俯いて、誰とも視線を合わさないように生きていたのだ。

ただ、一度だけ。

そう考えていたにもかかわらず、それを告げたことがある。

私の厄介な体質を知る唯一の友人、幼馴染のチホにだけは告げた。

なぜなら、死線が顔に現れたら教えると、約束していたからだ。

言うべきかどうか悩みに悩んで、結局、私は告げることにした。
理由としては、最後の時が来るまでに悔いのない生き方をして欲しかったから。
私がチホにしてやれることは、それくらいだったから。

そして、私の宣告通り、チホは死んだ。

——私は佐藤くんに、言えなかったことがある。

1

運命が誰かの意志によって、より良い方向に変えられるのならば、より悪い方向にだって変えられることもあるだろう。

大学の学食にあるレバニラ定食は三百円でご飯とお味噌汁がついてお腹一杯になれる僕のお気に入りのメニューだった。それなのに、今日は五十円値上がりして、三百五十円になっている。懐事情が厳しい貧乏学生の僕には辛い。

金額を改定した食堂のおばちゃんが悪いというわけではない。

台風がきて作物を荒らしたとか、それとも変なウィルスが蔓延したとか、いろんな事情が複雑に絡み合って、野菜の値段が高騰したり、家畜がたくさん死んだりしたのだろう。それで色んな人が困り、巡り巡って食堂のおばちゃんがレバニラ定食の値段を上げるに至ったのだ。その結果、僕は今日、レバニラ定食ではなく、百八十円のきつねうどんに中ライス百円をつけることになった。それはそれで悪くないじゃないかと言う人もいるかもしれない。本来使うはずだった三百円が二百八十円で抑えられたわけで、プラスじゃないかとも思える。

でも、僕の体は、レバーに含まれる豊富なビタミンAやビタミンB群、鉄分、葉酸といった栄養素を求めていたのだ。要するに、レバーが食べたかった。

初めからレバニラ定食が食べられなくなる運命だったとは思いたくない。本来は、レバニラ定食を食べて健康的な生活を送るのが僕の運命だったはずだ。

台風を起こしたり、変なウィルスを撒き散らした悪の組織がどこかにいて、そいつらのせいで僕の運命が変わったに違いなかった。

だが、屈してはいけない。そのような捻じ曲げられた僕の運命を修正すべく、食堂のおばちゃんや畜産農家がレバニラ定食を三百円に戻そうと、悪の組織と日夜戦っている。運命は人々の善意と努力によって、より良い形に定まっていくのだ。明日はきっと三百円に戻っている。僕はそう信じている。信じて今日はきつねうどんを啜ろう。

などとくだらないことを考えていたら、食堂の入り口でウロウロしている遠見志緒を見つけた。何やら話があるとかで、食堂で待ち合わせをすることにしたのである。彼女はあまり人の顔を見るのが好きではなく、不用意に辺りを見回すことをしない。いつも俯きがちに歩くので、僕を見つけるのが苦手なのだ。

練炭自殺を考えていたお姉さんを助けたのは一昨日のこと。

死線絡みの相談はそんなに頻繁にはないので、きっと授業の相談だろう。志緒にはこれといった友達がいないから、出席しなかった授業のレジュメを欲しているのかもしれない。僕にもこれといった友達がいないが、志緒より二年も先にこの大学に入学したので、色々と使える手段があるのだ。

昼を過ぎた食堂は段々と人が減って、六割くらいの席が埋まっている。いつものように僕を見つけられないだろうと、僕は携帯電話で彼女に発信してやることにした。

僕の携帯電話は、いまだに二つ折りにできるタイプのものだ。かなり古い機種だが、便利を知らなければ不便に感じることもないので、ずっと同じものを使っている。有難いことにそれを馬鹿にするような友達もいない。たまに、志緒が「新しいのに変えたら？」と言うが、一度、新しい機種に変えるのに掛かる金額を聞いたら、とてつもない金額だったので諦めた。一体、どれだけのレバニラ定食を我慢しなければならないのかと計算してみると、電卓に表示されたのは絶望だったのだ。

さっきからやたらとレバニラ定食の話をしているが、僕が一番食べたいのは牛カルビ定食である。こちらは四百三十円。レバニラ定食は本命ではない。繰り返す。レバニラ定食は本命ではない。

「待った？」

「いや、全然、お昼食べてたから」

僕は驚いた。こちらが発信する前に、志緒は僕を見つけた。すごい、奇跡だ。

今日の志緒は黒いリボンタイのついたサマーニットに、プリーツスカート。肩にはお洒落な鞄を提げている。お嬢様な彼女の雰囲気によく似あっていた。

志緒は向かい側の席に座るなり、僕が被っていたキャスケットを脱がせてテーブルに置いた。育ちの良い彼女は食事時に帽子を被っていることを良しとしない。僕は考えることがたくさんあるので、つい脱ぐのを忘れてしまう。

「佐藤くん、すごく大変なことになったの」

「知ってる。食堂のメニューが軒並み値上がりしてる件だろ？」

志緒はぱっちりした薄茶色の瞳を大きく見開いた。

「それは大変ね。どうしてそんなことに？」

「たぶん、台風を起こしたり、変なウイルスを撒いたりする悪の組織がいて──」

「退治する？　私たちで。その悪の組織とやらを」

志緒は指を銃の形にして、僕には見えない何かを撃ち抜いた。

おいおい、その方法は大変物騒じゃないか。ここは日本だぞ。

「いや、それは食堂のおばちゃんたちに任せようと思う」

「そう、良かった。そっちも大変そうだけど、こっちも大変だったから」

僕は冗談を言う空気ではないことを察した。

「その大変なことっていうのは、君が昨日、授業に出なかったことと関係してる？」

「してる。昨日、私は、それどころじゃなかった」

志緒と僕は法学部で、昨日は同じ授業を取っていたのだ。

「きつねうどんを啜りながらで悪いんだけど、それってレベル1の死線を見つけた話？」

「どうして、わかったの？」

志緒には死線の現れている状態を三段階で表現してもらっている。

レベル1は、両目に一本黒い帯がある初期状態。まだ慌てるほどじゃない。

レベル2は、複数の黒い帯が顔を覆っている状態。そろそろ油断していられない。

レベル3は、顔全体が塗り潰されたモザイク状態。いよいよヤバい。

「君が何よりも優先することと言えば、死線のことだ。だけど、いきなりモザイクのような緊急性のある話じゃない。なぜなら、いきなりモザイクなら、僕にすぐ連絡をいれてるはずだから。ということは、まだ時間に余裕のあるレベル1くらいの死線を昨日見つけてしまった。だから、君は授業には出ずに、その人物がどういう人物なのかを調べていたんだろう。簡単な推理だよ」

僕はシャーロック・ホームズを気取った。

そんな空気ではないけれど、努めて明るい会話をするのは大事だ。死線の問題は、とかく人の生死が絡むので、重い話になりがちである。できるだけ周囲にそれを悟られたくないし、僕たちも平常心で臨みたいからだ。

「それだけ？」

志緒は挑戦的に首を傾げる。

「確かに、昨日、レベル1の死線が現れた人を見つけて、私はその人のことを調べてた。そこは合ってる。それって大変なことだよ。もちろん。でも、私は、すごく大変なことになったって言ったの」

「すごく、大変なことになったのか」

「推理してくださる？　ホームズさん」

一昨日に死線を消して、こんなに早くまた次の死線が現れることが、すごく大変なことなのだけれど、そういうことではないのだろう。

僕はきつねうどんの揚げを食べた。揚げに関しては、食堂のやつより、インスタントのきつねうどんの方が、厚みがあってフワフワで美味しい。

「死線が現れたのは、大学の関係者だろ？」

「そうね。昨日、大学に来てすぐに見てしまったから」

志緒の行動範囲から考えれば、通学路か大学か、その辺りは絞れる。

さすがはホームズだ。

「もしかして、僕がこの後楽しみにしてる少年法の教授に死線が現れたんじゃないか？」

何かと異性トラブルの絶えない若い教授だ。口癖が「お手手をちょっと拝借」で、すぐに女子学生の手を握りたがるのだ。妻帯者なのに。いつか、勘違いして暴走した女子学生に刺されるのではないかと僕は常日頃から危惧していた。

「全然違う。この後、佐藤くんが少年法の授業に出られないのは確かだけど」

「それは大変だ」

「もっと大変なの」

それ以上に大変なことがあるだろうか。

ほとんどきつねうどんを食べてしまった僕は、ライスが手つかずで残っているのに気付いた。しまった、なんということだ。どうやら、うどんにライスをつけたのは判断ミスだったようだ。こんなことになってしまった理由は、ライスを食べるタイミングが分からなかったからだろう。できればうどんの出汁をぶっかけて食べたいところだが、それは育ちのいい志緒が眉をひそめるに違いない。困った。どうしよう。

もしかして——

「二人同時に、死線が見えたとか?」

死線が同時に現れることはたまにある。その時は大変だ。監視対象が二倍になる。それぞれ別の事件なこともあるし、同一事件に巻き込まれることもある。

「惜しい」

志緒は首をふるふると振った。

足りない。


　──惜しい？

「まさかとは思うけど、三人同時に見えた？」

　三人だったらすごく大変だ。こちらは二人しかいないのだ。同一事件でない限り、手が足りない。

「まだ足りない」

　ふるふる。

　──まだ足りない？

「もしや、四人……いや、それ以上？」

　神妙な顔で志緒が頷く。

　──四人以上！

　どうするんだ、ホームズ。

「一体、何人の顔に見えたんだ？　とんでもない事故でも起きるのか？」

「事故じゃないと思う」

「事故じゃないのに、そんなに周囲の人間が同時に死ぬことってある？」

　僕は大きくなりかけていた声のトーンを落とす。

「だって、全員、佐藤くんの高校出身の人たちだから」

　全く予想していなかった言葉にさらに驚かされた。

「秀桜高校の卒業生たちに死線が現れてるってこと？」

志緒は鞄から手帳を取り出して、ページを広げて見せた。

そこには五人の名前が書いてある。

白石　光瑠
二楷堂　楓
葉鳥　優海
朝浦　千晶
武東　一歩

「正しくは、秀桜高校の文芸部に所属していた四人に死線が現れてる。全員、レベル１で。昨日それを確認して回ってたの。みんな、佐藤くんが在学していた時の文芸部のメンバーよ。そして、この中の一人が――」

志緒はボールペンを取り出して、武東一歩の名前に大きく丸を書いた。

「傘を持って飛び降りて死んだ生徒だった」

「旧校舎の火事で屋上から飛び降りて亡くなったあの生徒？」

「そう」

何の因果か、ついこの前、思い出したところだった。秀桜高校文芸部五人のうち、一人がすでに亡くなっていて、今、四人の顔に死線が現れている。

「……それは、すごく大変なことになったな」

何が起ころうとしているのだろう。

「だから、すごく大変なことになったって言ったでしょう」

この後の少年法の授業は出られなさそうだ。僕には優秀な成績を取って、このまま奨学金の返済を免除し続けてもらうという野望があるのに。

「じゃあ、ご飯食べ終わったら行きましょう。ハイヤーを呼んであるから」

「どこに？」

「もちろん、懐かしの、思い出の、秀桜高校に」

それを聞いた僕はうどんの器を持って、その残り汁をライスにかけた。

「急ぐのなら仕方ない」

そして、うどんの出汁ぶっかけご飯を口にかき込んだ。

これで一つ問題はクリアした。

あと、どれだけの問題があるのかは考えるのも億劫だ。

僕の行為に顔を曇らせている志緒には気付かないふりをした。

＊

僕が秀桜高校の新校舎屋上を隠れ家にしていたのには理由がある。

あの頃の僕は一人でいられる静かな場所を必要としていた。

僕は校内の嫌われ者で、どこにも居場所がなかったからだ。

周囲が僕を疎ましく思い、いないものとして扱う。それだけなら別に構わなかったのだが、嫌がらせをされ始めると、さすがに鬱陶しく思った。いわれのない暴力を振るわれたので、己を強く大きく見せようと机を持ち上げて威嚇したら、そこを教師に見つかって僕だけが停学処分を受けた。動物園でアリクイに学んだ方法が仇となってしまったのだ。

あれは失策だった。

しかし、何も僕は初めから問題児だったわけではない。

僕はどこにでもいるごく普通の生徒で、人気者とまではいかないが、仲のいい友達もいたし、クラスの中では真ん中より上のカーストに位置していた。

それもある日、公務員だった父が警察に捕まるまでは、の話だ。

父が問われた罪は横領罪と傷害罪。

真面目な人だと思い込んでいた僕には寝耳に水で、裁判で父の刑が確定しても信じられなかった。父のことはテレビでも実名報道され、そのニュースでは父がとんでもない悪党みたいに言われていたので、僕は最後まで見ずにテレビを消した。

その次の日から露骨に周囲の空気が変わった。周知されてしまったからだ。僕は〝犯罪者の息子〟というレッテルをべったりと貼られ、皆、僕から離れて行った。

蜘蛛の子を散らすように、皆、僕から離れて行った。

僕が犯罪を犯したわけではない。それなのに、みんな僕を〝税金泥棒〟や〝乱暴者〟として認識した。父がそうなのだから、息子もそうなのだろうということかもしれない。

自宅には落書きが書かれ、ゴミが投げ込まれた。仕方がないので、放り込まれたゴミを投げ返していたら、すぐに警察官がやってきて、ゴミを道路に散らかしてはいけないと叱られた。世の中は理不尽だ。

僕の人となりを知っている者たちでさえ、見る目を変えた。

僕は何も変わっていないのに、だ。

なぜだか急に教師からの評価も下がって、扱いが悪くなった。

授業で校庭を走った後、体育教師に「おまえみたいなろくでもないやつは、追加でもう十周走れ」と言われた。理由がおかしいと思ったが、逆らっても無駄な気がしたので、大人しく従った。それが良くなかった。教師がそんなことをしたものだから、生徒は「こいつにはそういうことをしてもいいんだ」と思ってしまったのだ。それまでは、隠れてこそこそ行われていた嫌がらせが、目に見えて露骨になった。

それら全て、ただ、僕が〝犯罪者の息子〟だったからだ。

僕は、ある朝目覚めたら毒虫になっていたグレゴール・ザムザのようだった。グレゴールは本当に毒虫になってしまったが、僕は〝毒虫〟と認識されただけである。姿形や本質は変わらない。それなのに〝毒虫〟というレッテルを貼られた僕は、みんなの目に毒虫として映ってしまうのだ。

——ある朝目覚めたら、僕は何も変わらないまま、毒虫になっていた。

それはとても恐ろしい変化だった。

毒虫になった僕には学校での居場所なんてなかった。

図書室だけは放置してもらえるので、休み時間に通うようになったが、それも、僕が読んだ本が次々に紛失して、窃盗の疑いをかけられるまでだった。すぐに、僕は図書室の利用が禁止になってしまった。人は毒虫を見つけると殺虫スプレーをかけるか、追い払おうとするものなのだ。

そんなある日、上級生に声を掛けられた。

「おまえ、ワルなんだってなぁ？」

額に大きな絆創膏を貼った大柄な角刈りの男子生徒だった。

僕にその自覚はなかったので「違います」と答えたら「違うのかよ。おもしれぇやつだな」と、なぜか絆創膏男に笑われた。関わり合いたくなかったのでその場から離れようとしたら「まぁ待てよ、お前を見込んで手伝って欲しいことがある」と襟首を掴まれた。

そこで絆創膏男が持ちかけてきたのが、新校舎屋上に繋がる扉の鍵を盗むことだった。たぶん、僕が図書室の本を盗んだ、というありもしない事実を鵜呑みにしたのだろう。

僕は断ろうとしたが、絆創膏男が「誰にだって居場所は必要だ。ワルい俺にも、本当はワルじゃねぇおまえにも」と口にしたので、考えを改めることにした。この学校では、僕に頼みごとをする者も、僕の言葉に耳を貸す者も、もういないと思っていた。でも、この角刈りの絆創膏男は違うようだと気づいたからだ。

僕は絆創膏男と共に鍵を盗む計画を立てた。

まず、僕は体育教官室に体育教師が一人でいるタイミングを見計らい、野球のバットのようなものを掲げて「お前をへし折ってやる！」と叫んだ。すると、体育教師が飛び出してきて追いかけられた。その隙に絆創膏男が体育教官室にある屋上の鍵をすり替える算段だったのだ。僕は体育教師に捕まったが、持っていたのが野球のバットに見せかけた大根だったのでことなきを得た。「野球のバットが買えなかったので大根で代用しようとしただけです」と口答えすると「この大根は盗んできたものだろう」と追及されたので、スーパー玉手の購入レシートを見せた。僕は体育教師に一発殴られて、それで済んだ。

屋上の鍵なんてめったに使われないものだったので、絆創膏男がその複製を作る間も僕たちの犯罪行為は露見しなかった。

今度は絆創膏男が体育教官室の前で「おまえを思い出と共に埋めてやる！」と叫んだら、次々に体育教師が飛び出してきた。僕とは違って体育教師総出だった。やはり、本物のワルは一味違う。逃げ回る絆創膏男を追いかけて、体育教師たちが一人もいなくなったので、僕は悠々とオリジナルの屋上の鍵を元に戻すことができた。捕まった絆創膏男は手に持っていた球根を見せて「校庭にチューリップの球根を埋めたかった」などと供述して、体育教師に二発殴られただけで済んだ。

そうやって僕たちは居場所を手に入れた。

その日から僕と絆創膏男は、新校舎の屋上に入り浸るようになった。

「俺はさ、高校でこういうことが学べたらいいのになって思うんだよ」

絆創膏男はどこからかたくさんの部品を持ってきて、機械工作をした。

不思議な暗号のような回路図に、基板。機械のムカデのような部品。電池式の半田ごてを持ってきて、絆創膏男は一から何かを作ろうとしている。大柄なわりに手先が器用な絆創膏男は、知能が発達したゴリラみたいに見えた。

僕は何もすることがなかったので、空の雲に思いを馳せる合間に、その作業を見ていた。

「できたぞ、短波ラジオだ」

何日もかけて絆創膏男が作ったのは小さなラジオだった。

早速電源をいれてみたが、何も聞こえない。僕と絆創膏男が耳を限りなくラジオに近づけると、そこからは微かに、遠い異国の歌が聞こえた。思わず、顔を見合わせる。絆創膏男は、右の唇だけ吊り上げてしたり顔をしていた。

僕は自分が初めて犯した犯罪行為の成果を知った。

なるほど、これが毒虫の啜る蜜の味か。

放課後、絆創膏男はずっと屋上で機械工作を続け、僕は本を読んだり音楽を聴いたり、雲を眺めたりした。お互いのことは何も聞かなかった。名前を聞くこともしなかった。絆創膏男は、用があれば僕のことを「おい、ダイコン」と呼んだし、僕は「おい、ハナゴリラ」と呼んだ。それで充分だった。

僕たちが必要としたのは仲間ではなく、居場所だったからだ。

だからこそ、僕は毒虫ではなく、そこでは人間でいられた。

数か月して、絆創膏男が上級生だと分かり、卒業することを知った。

「明日からはお前が鍵を開けろ」

絆創膏男は僕に屋上の鍵を投げて寄越した。

「俺がいつ帰ってきてもいいように」

額の大きな絆創膏はずっとそこに張り付いたままだった。

それからは、ずっと一人で屋上にいた。

時々、絆創膏男からもらった短波ラジオの電源をいれた。

けれど、そこからはもう何も聞こえてこなかった。

ゴリラが動物園から帰ってくることはなかったので、僕は一人ぼっちだった。

次に、屋上の扉を開けて遠見志緒が現れるまでは。

＊

こんなに簡単に入れてしまっていいのか、と僕は思った。

秀桜高校の新校舎入り口にある受付で、志緒が「遠見です」と名乗ると、それだけで校内の見学が許可された。僕と志緒は〝来客〟と書かれた名札を渡され、首から下げる。志緒はさらにどこかの鍵も受け取った。どうやら僕たちは二人だけで自由に校内を行動していいようだ。この学校のセキュリティが心配だ。

志緒は用意周到な人間である。行動を起こす時には、自分の考える最善の方法で、必要だと思われる手順をきっちりと踏んで進む。

もし「この高い木にある果物を一つ私の所に持ってきてください」と言われれば、彼女は踏み台や枝切りばさみを用意して果物を取るだろう。堂々と正攻法で。でも、僕ならその木の持ち主に掛け合って、収穫済みの果物を一つ分けてもらうことを考える。

きっと育った環境が違うせいだろう。志緒は踏み台や枝切りばさみに不自由しない生活を送ってきたが、僕はそういったものが用意できない生活を余儀なくされた。でも、そうだからこそ、僕たちは二人でうまくバランスをとって、今までやってこれたのだ。

おそらく、学校のセキュリティが疎かなのではなく、彼女が正面からそのセキュリティを突破しただけのことなのだろう。

平日の午後、その日最後の授業が行われている時間帯。

これから来る喧騒を前に、母校はひっそりと息をひそめていた。嫌な思い出が多くある場所ではあったが、数年ぶりに訪れると、それなりに感慨深いものがある。

ふと、僕は思い出す。

帰宅しようと靴箱から靴を取り出した時の、玄関口から射しこんだ金色の陽射し。その光の中をちらちらと舞う埃。それから、人のざわめき、靴底とリノリウムが擦れて立てる音、吹奏楽部が鳴らす楽器の音色、野球部の張り上げる声。そこには、孤独を感じながらも、群れの中に属している妙な安心感があった。あの感じが今もここには残っている。

「懐かしいね」

志緒の言葉に僕は「そうだね」と同意する。

そう、嫌いなものばかりだったわけじゃない。

すべてを嫌うほど、僕は絶望していなかった。

秀桜高校の校舎はカタカナの〝ニ〟のようになっている。

短い線の方が北側の旧校舎で、長い線が南側の新校舎。間の空間には中庭。校庭は中庭から見て、旧校舎の向こう側にある。

東側にある二階建ての体育館と校舎は繋がっておらず、新校舎の東側一階から屋根付きの通路が体育館へと続いている。校舎は二棟とも四階建てで、三階の西側に新校舎と旧校舎を繋ぐ渡り廊下があった。

新校舎には職員室、普通教室、それから、理科室、音楽室といった特別教室があり、旧校舎は図書室や部室棟として使われていた。茶色と白で綺麗に色分けされたコンクリート構造の新校舎に比べ、旧校舎はくすんだ灰色のモルタル壁で覆われた木造建築である。

「佐藤くん、まずは中庭に行こう」

傘を持って飛び降りた生徒の事件の現場を実際に見ようというのだろう。

志緒が歩き始めたので、僕はその後ろをついていく。

借りたサンダルで歩く疎外感が廊下に響いた。

新校舎から旧校舎へと繋がる通路には、滑り止めの為か、緑色のゴムシートが敷かれていた。天井は三階にある渡り廊下で、一階の通路には外壁がなく、等間隔に柱が並んでいる。志緒はその通路途中で、右手にある中庭へと進んだ。

「ねぇ、佐藤くんはあの火事のこと、それから飛び降りた生徒のこと、事件についてどれだけ知ってる？」

「志緒はちゃんと調べたんだろう？　それなら、分かったことを全部教えて欲しい」

「分かった」

中庭は赤茶けた煉瓦の道と芝生が敷かれ、真ん中に小さな池があった。校舎沿いには幾つかのベンチが並べて置いてある。

「ここが落ちた場所よ」

志緒がそう言ってしゃがみ込んだのは、旧校舎と池の中間くらいの場所。池を中心に十字に走る煉瓦道の上だ。生徒は旧校舎の屋上から、中庭に向かって飛び降りたのだ。

「死因は転落死。右側頭部骨折による頭蓋内損傷。火傷はしてなかったけど、身体の右側にある腕や肋骨が折れてた。即死だった」

「横向きに地面に落ちたってことだな」

「そうね。遺体は身体を丸めてた。心臓があるのは左側だから、無意識に自分の身体を守ろうとしたのかもしれない」

志緒が手を合わせて瞳を閉じたので、僕も同じようにする。

しばらく、故人を悼んでから、彼女は立ちあがった。

「もしくは――」

志緒は僕を上目遣いに見る。

「誰かに突き落とされた場合も、そういった防御姿勢を取って落ちる」

僕は何も言わなかった。

それを気にするでもなく志緒は旧校舎を指す。

「火事が発生したのはここから向かって一番左端、西側四階にある文芸部の準備室から。勢いよく燃え広がって、その右隣にある文芸部の部室、そして、書道部の部室が燃えた。日曜日の朝の出来事で、登校していた生徒は少なかった。体育館で運動部が十数名、旧校舎の三階の音楽室で吹奏楽部が数名。校庭には野球部が十数名いた」

旧校舎の外壁で焼けた部分はモルタルが塗り直されて、そこだけ少し色が明るくなっていた。修理には結構時間がかかった憶えがある。直るまで旧校舎の四階は立ち入り禁止だった。僕は気になったことを聞いてみる。

「飛び降りた生徒は文芸部で、今回、死線が現れた四人も文芸部だった。そして、出火したのは、文芸部の準備室。何か関係ありそう?」

「そうね。でも、火事の原因は分かってる。文芸部の顧問だった黒崎っていう国語の男性教師が準備室で煙草を吸っていたの。もちろん、敷地内禁煙だったけど隠れてね。火災現場から煙草の吸殻が見つかって、最終的にそれが原因だとされた」

黒崎は眼鏡をかけた初老の教師だ。皺だらけのカッターシャツに茶色のベスト。両肘にいつもアームカバーをつけていた。

「憶えてるよ。火事の後にいなくなった。火事は黒崎先生が起こしたってみんなの噂になっていた」

「原因は煙草の不始末だったと黒崎が認めたの。それで解雇された。でも、当日、文芸部の四人も文集制作で登校していた。飛び降りた生徒も含めたら五人ね。だから、火事と飛び降りに、その四人が何らかの形で関わっている可能性はある」

傘を持って飛び降りた男子生徒の事件は注意しなくてはならないだろう。

その生徒が飛び降りたのは、旧校舎の真ん中辺りの位置である。左側の三階に渡り廊下があるので、その上に飛び降りてから中庭に飛び降りれば、階段一つ分は下から落ちることができたはずだ。しかし、そうしなかった。

なぜ中途半端な位置、旧校舎の真ん中あたりから飛び降りたのか。モルタルの壁の色を見れば、そこまで火の手が回っていなかったことがわかる。

「飛び降りた生徒には幾つかの疑問があるわ。まず、なぜ、飛び降りたのか。屋上でじっとしていれば、おそらく助かった。四階の左側部分は燃えてしまったけど、屋上が火に包まれることはなかったから」

「パニックに陥った人間は、どう行動するのか分からない。屋上にいても安心ではないと思えば、意を決して飛び降りることもある」

志緒は素直に頷く。別に彼女も男子生徒が誰かに突き落とされたという確信があるわけではないのだろう。あくまでも可能性の一つとして考えているだけだ。

「あと、火の手は最終的に階段の方にも回ったみたい。だから、屋上には行けても、戻れなくなってしまった、そういうこともあるかもしれない」

階段から逃げることができなくなったから、飛び降りたという可能性だ。

「次に、なぜ、屋上にあがったのか。木造だったからかなり燃えてしまったけれど、発見は比較的早かった。だから、学校に残っていたほとんどの生徒たちは校庭に避難できたの。普通、四階で火災が発生したら、下の階に逃げるわ。上の階に逃げる人はいない」

「そうじゃないのかも」

「どういうこと？」

「どうして？」

「火事になる前から屋上にいたのかもしれない」

「さあ、僕には屋上にいたがる人の気持ちは分からないな」

「私、一人、屋上が大好きな人を知ってるけれど」

「世の中には、おかしな人がいるものだね」

志緒は肩を竦めて元来た道に戻り始める。

「それから、なぜ、中庭に飛び降りたのか。校庭側には避難した生徒と教師がいた。でも、そちら側ではなく、中庭側に飛び降りた。そこに理由があるのかないのか、これは全然分からない」

「中庭に池があったからかな」

だが、池の水深は見るからに浅く、乾いた汚れがこびりついた噴水には水も流れていない。仮に飛び込めても結末はそう変わらなかっただろう。もし、衣服に火がついていたのなら、水に飛び込む必要があったのかもしれないが、火傷をしてないということは、そうではないのだろう。

「最後。なぜ、傘を持って飛び降りたのか。壊れた傘が落ちていたのは、遺体のすぐ傍だった。元から壊れた傘が偶然にそこに落ちていた可能性もあるけれど、本当のところはどうか分からない。だって、誰も飛び降りた瞬間を見ていないから」

僕は小さく溜息を吐く。

「その生徒が傘を持って落ちたのは確かだよ」

「どうして、そんなことがわかるの？」

「彼が地面に落ちた後で、傘が転がるのを僕は見たから」

志緒は立ち止まり、怪訝そうな顔でじっと僕の顔を見つめる。

無理もない。目撃者がいたなんて、調べてもそんな事実は出てこなかったはずだ。それも当然で、僕は今初めてそのことを口にしたからだ。

「僕は、あの時、いつものように、新校舎の屋上にいた。イヤフォンをして音楽を聴いていたんだ」

「日曜日の朝の学校に？　部活動にも入っていないのに？」

「家庭の事情で、日曜日の朝でも、学校に行くしかないおかしな人がいるんだよ」

「本当に可哀想な人ね。その人は」

「まぁ、とにかく、僕はその時、新校舎の屋上にいて、イヤフォンをして音楽を聴いていた。でも、火災報知器のベルの音が微かに聞こえたんだ。何事だろうと僕はイヤフォンを外して周囲を窺った。そしたら、旧校舎の方で黒い煙が上がってるのが見えた」

　印象的な出来事だったので、その時のことはよく憶えている。

「それで旧校舎を見ようとフェンスに寄った。文芸部の準備室の窓が少し開いていて、そこから煙と炎が外へと漏れ出していたんだ。少しの間、呆然とその炎に目を奪われていたんだけど、視界の端で何かが落ちるのが見えた気がした。何だろうと思って中庭に目を向けたら、男子生徒が倒れていた。傘は今落ちて転がったみたいに見えた。驚いた僕はすぐに階段を降りて中庭に向かったんだ。火事が発生してからどれくらいの時間が経っていたのかは分からない。でも、校舎には生徒がいなかった」

　少なくとも一階に降りるまで誰にも会わなかったのは確かだ。

「僕が落ちた生徒の所に行こうとしたら、体育館の方からやってきたジャージ姿の体育教師に止められた。その先生は運動部の生徒を何人か引き連れてたんだけど、僕にもその子たちにも『誰も近寄るな！　お前たちは校庭に避難しろ』って言ったんだ。その後、そこにいた女子生徒の誰かが上げた悲鳴でその場は騒然となった。それに驚いたのか、中庭にいた雀たちも、空へと逃げていったよ」

「それでどうしたの？」

「僕は先生の言葉に従って、校庭に避難した。自分にできることは何もないと思ったんだ。先生が対処するなら、その方がいい」

志緒は顎に手を当て、何か考えているようだった。

「ねぇ、その時、旧校舎の屋上には、他に誰もいなかった？」

「いなかった。生徒が落ちてすぐに旧校舎の屋上を見て確認したから。もし、突き落とされたのだったら、そこにいた誰かは見えたはずだよ。でも、誰もいなかった。もし、誰かがいるのを見ていたら、さすがに僕もそのことを先生に言ったと思う。誰もいなかったから、僕は何も言わなかった。僕が黙っていたのは――」

「居場所を奪われるから」

志緒は僕がどういった高校生活を送っていたのかをよく知っている。だから、僕が言わなくてもそのくらいのことは分かる。

彼女は鋭く賢い。いつも論理的な思考で物事を考えていた。

ただ、少しばかり閃きに欠けるだけだ。

真相は推理できても解決策の思いつかない名探偵みたいに。

「……そう。その時、僕は新校舎の屋上にいたことを言いたくなかった。それを言ったら、僕がこっそり新校舎の屋上に忍びこんでいることがバレてしまうから。事故でも、自殺でも、誰かに殺されたんじゃなければ、見た事を言わなくてもいいと思ったんだ。だから今までずっと黙ってた」

志緒は何も言わなかった。

そこに僕を非難するような様子はない。

ただ、彼女は悲しんでいるように見えた。

誰にも背を押されなかったのであれば、亡くなった生徒は自分の意志で飛び降りたということに他ならない。自分を優先した卑怯者の僕のことより、そちらへの悲しみの方が勝ったのかもしれなかった。

「まさか、このことを言う日が来るとは思わなかったよ」

それでもずっと、喉に刺さった小骨のように、心に引っかかっていた。

——なぜ、彼は傘を持って飛び降りたのか？

あの時、自分が見たことを言っても言わなくても、結果は変わらなかったはずだ。

いや、そうしていたら、文芸部の人たちに死線は現れなかったのだろうか。

「じゃあ、佐藤くん、旧校舎の屋上に行こう」

志緒が気持ちを切り替えるように努めて明るい声を出して、再び歩き始めた。

僕はあの頃にできなかったことを、今、やろうとしているのだ。

そして、僕たちは旧校舎の中に入る。

美術室が近いせいか、木の匂いと油絵具の匂いとが混じって、独特の匂いがした。すぐ脇にある階段を上がって四階に辿り着く。そこからさらに上、屋上への階段を上がると、志緒は先ほど受け取った鍵を使って扉を開けた。

新校舎の屋上と違って、旧校舎の屋上はだだっ広い空間だった。ただ、入り口の近くに物置小屋のような建物がある。覗いてみたけれど中は空っぽだった。何かを引きずったように床の塗装があちこちが剝がれているので、何かが収納されていたようだ。

もし、僕が旧校舎の屋上の鍵を手に入れていたら、この場所を隠れ家にしただろう。小さな窓が一つあるだけで薄暗いけれど、陽射しや雨風が凌げそうだった。

男子生徒が飛び降りたであろう場所まで行ってみる。ちょうど、旧校舎の真ん中あたりの位置だ。旧校舎のフェンスは新校舎のものとは違う。新校舎のは背の高い金網で、内側に向かって返しがついている。そこから飛び降りようと上ったとしても、乗り越えるのは不可能だろう。

対してこちらのフェンスは胸くらいの高さで返しもついていない。鉄格子状と表現すればいいのか、漢字の〝皿〟のような形をしていて、その格子の間は拳一つ分、下にも十センチくらいの隙間が空いている。試しに足をかけて跨いでみた。

「うん。乗り越えられるね」

フェンスに摑まりながら下を覗いてみたら、壁に対して直角に作られた雨よけの庇があるのが見えた。下は写真部の部室だったはずだ。庇の幅は二十センチ弱くらいで、後ろ向きに降り立つことはできても踵が少し浮くだろう。

実際に見てみると結構な高さがあって足が竦んだ。

「そんなことやってるの見つかったら、すごく怒られるから、もう戻って」

僕は志緒の注意に従ってフェンスの内側に戻った。

「ここから落ちたら死ぬだろうなって思う。飛び降りるには相当な覚悟がいる」

「私もそう思ったから分かるよ」

志緒は、学校の屋上から飛び降りる勇気を自分が持てるのか確かめようと、新校舎屋上のフェンスに上ったことがあるのだ。

「自分の意志でここから飛び降りるのは、自殺に近い」

僕の言葉に志緒は小さく頷いた。

果たして、傘を持って飛び降りた生徒は自殺したのだろうか。

事故だったという可能性はあるか？

火に追われているうちに足を滑らせてしまって落ちた。もしそうならば事故なのだろうが、ここにはフェンスがある。少なくとも、このフェンスを乗り越える意志がなければ、ここからは落ちないだろう。

　志緒は鞄から紙を一枚取り出す。

「秀桜高校の文芸部だったメンバーの現在の状況を簡単にまとめてみたの」

　僕はその紙を受け取って、志緒の綺麗な手書きの文字を眺めた。

白石　光瑠　大学三年生　経済学部
二階堂　楓　大学三年生　心理学部　元文芸部部長　小説家
葉鳥　優海　大学二年生　英文学部
朝浦　千晶　大学一年生　文学部
武東　一歩　死亡　朝浦千晶と同学年でクラスメイト

「全員私たちと同じ大学よ。まず死線が見えたのは、朝浦《あさうら》千晶《ちあき》だった。彼女を追いかけてると、白石光瑠《しらいしひかる》と葉鳥優海《はとりゆうみ》に会っていて、その二人にも死線が見えたの。三人の関係性を調べると文芸部のメンバーだったことがわかったから、二階堂楓《にかいどうかえで》のことも気になって探したら、彼女にも死線が見えてた。他に秀桜高校の卒業者の何人かも確認したけど、死線はなし。火事の当日、登校してきていた生徒も何人か見てみたけど、こちらもなし。だから、死線が現れたのはこの四人だけだと判断したわ。必要なら、全員に当たってもいいよ」

「他にも死線が現れた人がいそうな感じがする？」

「ううん。そういう感じがしたのは、この四人だけだった」

志緒は誰かに死線が現れた時には、妙な胸騒ぎを覚えるのだという。

ふと僕たちが誰かの視線を感じるみたいに、彼女は誰かの死線を感じるのだ。

彼女が他に死線がないと感じたのであれば、それは信じていい。

「それなら、全員に当たらなくてもいいと思う」

僕の大学は秀桜高校から一番近い場所にある国立の大学である。秀桜高校で受験する生徒は多い。同じ部活動出身で同じ大学なのだから、きっと仲もいいのだろう。

僕は気になった部分を指し示す。

「この、二楷堂って人、小説家って書いてあるけど……」

「『死神と孤独な少女』って小説を高校生の時に応募して受賞したの。二作目はまだ出てないけれど、受賞作は〝渕見《ふちみ》央人《おうと》〟名義で出版されたみたい」

「凄いね。こんな近くで小説家になった人がいるなんて」

同い年にはとても思えない。

「高飛車眼鏡」

「えっ、何て？」

「二楷堂楓は眼鏡をかけていて、高圧的。リーダーシップがあり、常に主導権を握りたがる女子。だから〝高飛車眼鏡〟」

聞き間違えたかと思った。

どうやら志緒が命名したニックネームだったらしい。

「この白石光瑠は？」

「〝柴犬王子〟。人懐っこくて誰にでも愛嬌を振りまく、軽薄そうな男子」

名前から女子だとばかり思っていたが男だったようだ。

「葉鳥優海」

「〝フワフワ恋愛乙女〟。恋愛が人生の全てだと考えてそうな女子」

何となくわかるような気がする。

「朝浦千晶」

「〝ミス前髪パッツン〟。毎日、前髪を切りそろえることに情熱を注いでそうな女子」

よし。イメージは摑めた。

志緒には二楷堂たちが〝プライバシー保護の為に黒い線で目線を隠されている人〟みたいに見えているはずだ。だから彼女の言うイメージは、服装や発言なども含めて総合的な印象に基づくものである。その言葉選びは志緒のセンスだった。

僕はもう一度名前を見ながら「高飛車眼鏡、柴犬王子――」と口にして記憶した。

飛び降りた生徒である武東一歩は男子生徒だから、秀桜高校文芸部は男子二名、女子三名ということになる。たぶん、四人に会えば、誰が誰かは判別がつくだろう。ふざけているようで、志緒はちっともふざけていないのだ。

「佐藤くん、その四人の死線は、どうやって消そうか。私たち二人じゃ手が足りないから、人の手を借りて監視するしかない？」

「うーん、そうだねぇ……」

普通にやろうとすればそうなるだろう。

「でも、それだと、もし四人が全く別々の事件だったら、僕たちが一つ対処しているうちに他が手遅れになるかもしれない。こんな所まで来てなんだけど、傘を持って飛び降りた生徒の事件と四人の死線が関係しているかどうかもまだ分からないし――」

そう言葉にしながら、一つ思いつく方法があった。

「いっそ、一ヵ所に集めて監視するのはどうだろう」

「誘拐して監禁する？」

「それだと、なんだか僕たち、極悪人みたいだ」

「じゃあ、軟禁くらいに」

「それなら、カボチャみたいで可愛いね」

要はその四人を同時に守れればいいのだ。

「その四人と一緒に遊びに行くというのはどうかな。その先で、偶然に閉じ込められてしまう。例えば、吹雪の雪山ペンションで、人里離れた深い森の屋敷で、あるいは、嵐吹き荒ぶ絶海の孤島で」

「私たちがクローズド・サークルを作る？」

クローズド・サークルとは、何らかの事情で外界との往来が断たれた状況下で事件が起きるミステリー作品の総称だ。

「四人を同じ舞台に閉じ込めてしまえば、僕たちは対応しやすい。もし仮に、秀桜高校文芸部の四人を狙った連続殺人だったとしたら、犯人の手の届かない隔離された場所に逃がすんだ。少なくともそこでは誰も殺されない。死線の進行も止まるはずだ。僕たちと被害者しかいないんだから。その間に、四人が殺される理由を突き止める。そして犯人を探し出して対処する」

「でも、事故だった場合は？　クローズド・サークルに閉じ込めることで遭難して死んじゃうとか。その原因になってしまわない？」

僕たちの行動自体が、死の運命に組み込まれていたら、という場合だ。

「そうならないように僕たちが現場で対応するんだ。安全なクローズド・サークルにする。むしろ、その中にいることで、本来巻き込まれるはずだった事故を免れて、死線が消えるということもありうる」

志緒は「安全なクローズド・サークル……？」と理解に苦しんでいるようだ。

「犯人の存在しないクローズド・サークルは、避難シェルターみたいに、すごく安全だってこと」

　そして、僕は思いつきを口にする。

「宿泊施設がある無人島、なんて用意できる？」

「できるよ」

　無茶な要望にもかかわらず、彼女は事もなげに即答した。

「それって、お金でどうにかできることでしょう？　それなら、パパに頼んでみる」

　志緒が言うパパとは、何かの見返りに便宜を図ってくれる怪しいおじさんではなく、父親の遠見《とおみ》宗一郎《そういちろう》のことだ。宗一郎は投資家であり資産家である。志緒の特異体質のことを知っていて、僕たちの活動に理解を寄せてくれている心強い支援者だった。僕たちはこれまで何度も、彼の協力に頼ってきた。

　僕たちが実現不可能なことでも、宗一郎にとっては実現可能なことである場合が多い。おそらく、今回の学校訪問も、彼の手配によるものだ。だからこそ、僕たちはこんなにも自由に行動できている。お金と力は結びつきやすく、そして、宗一郎はお金の使い方を心得ている。志緒にとって宗一郎は、まるでジョーカーみたいな強力な切り札だった。

「ねぇ、その無人島では、誰も殺されないのね？」

志緒は薄茶色の瞳で僕を見る。

「犯人がいないから、誰かが殺されることはないと思う。そこまで追いかけてこられたら別だけど。でも、志緒はそういう状況になったとしても、誰が犯人かわかるだろ？　みんな頭部にモザイクが掛かっている中で、平気な素顔を晒している奴が犯人だよ。君にとっては間違い探しにもならない」

死の運命が見える志緒は〝この中に犯人がいる〟という状況にめちゃくちゃ強い。殺されて死ぬ人と死なない人に、分けて見ることができるからだ。犯人を絞り込める上に、死線の進行具合で、殺される順番さえ大体分かる。後は、被害者を守りながら、犯人が殺そうとする現場を取り押さえられれば事件は解決だ。

遠見志緒の能力は、ミステリーぶち壊しのチート能力なのだ。

「犯人がいないのに、殺されるってことはないの？」

どうも志緒は不安な様子だ。

「もし、誰かが殺されたなら、犯人はいる。でも、僕たちの場合は、犯人を連れて行かないってことが可能なんだ。犯人と被害者とを切り分けられる。だから、そんなことにはならない。大丈夫だよ」

そう口にして、犯人がいないのに殺されるなんて、まるでアガサ・クリスティーの『そして誰もいなくなった』みたいだな、と思った。閉じ込められたクローズド・サークルの島で、最後にみんな死んでしまうという傑作ミステリーだ。

「それならいいんだけど」

「これから僕たちがしなきゃいけないのは、クローズド・サークルの舞台を用意して、そこにうまく四人を連れて行くこと。それから、死線がモザイクになるよりも前に準備を整えること。四人のことももっと知らなくちゃいけない」

「するべきことがわかっているなら、私にはやれるよ」

進むべき方向が見えた志緒は迷わない。溺れている人の手を摑んで、引っ張り上げることが最善の手であれば、彼女は全力で引っ張り上げるだろう。

正面からどこまでも愚直に、まっすぐ進むのが遠見志緒という人間だ。

「でもさ、佐藤くん、これから死ぬ人を無人島に閉じ込めるのって――」

志緒の柔らかな髪が、屋上に吹いた強い風に揺れる。

「まるで、私たちが犯人みたいだね」

＊

遠見志緒は人の顔に死の予兆を見る。

それはつまり、その人に訪れる近い未来を知ることができる、ということだ。

遠見家の人間にはそのような能力を持つ者が時々現れるらしい。

遠く、とは何も場所だけではなく、時間の距離をも表す言葉である。

遠見とは、遠くを見る者たちのことであり、本来は、そういう〝未来視〟の能力を持つ者たちを〝遠見〟と呼んだのかもしれない。

ここで僕は志緒の父である遠見宗一郎について話しておこうと思う。

僕たちは自分たちの力では実現不可能なことをいつも彼に求める。

例えば、今回の「宿泊施設のある無人島をすぐに用意して欲しい」という無茶なお願いがそれだ。普通の人であれば、頼まれてもそんな要求には応えられない。

でも、宗一郎は違う。

彼なら応えてくれるだろう。なぜなら、今までしてきた僕たちの無理難題な頼みごとの全てに、彼は何の問題もなく応じてきたからだ。

なぜ、宗一郎にはそんなことができるか、という話である。

それは、彼が潤沢な資金を持っているから、というだけでは到底説明がつかない。

宗一郎もまた、遠見の一族に連なる者だから、というのが正解に近いと思う。

話は数か月前に遡る。

僕は大学に向かう為、ボロアパートを出た。

どんなアパートかを説明しておこう。

僕の部屋のドアノブは、そこに楽しみを見出せられるならずっと左に回し続けられるし、鍵を掛けても郵便受けに手を差し込んで持ち上げれば、ドアごと外せる。僕が住んでいるのは二階の一番端だが、十数段ある外階段は途中が何段か抜け落ちて、手すりを使って六歩で駆け上らなくてはならない。家賃が安すぎて住民のほとんどが外国人だから、深夜に薄い壁の向こうから聞こえてくる謎の呪文が僕の子守唄になっている。全体が老朽化しているのは見た目からすぐに分かるし、こんな所に窃盗に入った所で、現金も金目の物もあるわけがないと誰もが思う。お金持ちの家に忍び込んでも、ここに堂々と入っても罪は同じなのだから、ハイリスク・ローリターンで泥棒の選択肢から外れる。

つまり、そんなボロさこそが防犯になっているという斬新なセキュリティのアパートなのである。「ワシは戊辰戦争で政府軍と戦った」が口癖のヨボヨボの大家は、ボケているのかと思いきや、家賃の取り立てを一度も忘れたことがないしっかり者だし、広告にあった〝駅から近い〟というフレーズはオリンピックの金メダル保持者が自己ベストに近い速度で走れば駅から五分という現実だったし、そういう他の物件にはないユニークさに、僕は心惹かれたのだ。

志緒は「黒いアイツがいそうだから」と部屋を訪ねてきたことはないが、あの素早い動き《》と飛翔で人々に恐怖を振りまく神出鬼没の悪魔のような昆虫も、もうちょっと条件のいい物件を選んでいるようで、僕はまだ一度も見かけていない。

そんな素敵なボロアパートの前に、黒いリムジンが止まっていた。

道幅ギリギリで、なぜこの狭い路地に侵入してきたのかと運転手の常識を疑う。ちょっとでも油断すればブロック塀に車体を擦ってしまい、その高級感が台無しになってしまうだろう。しかしながら、アパートの門がある出入り口はリムジンの細長い胴体で完全に塞がれていた。

どこかの部屋で喧嘩している中国人夫婦の怒声を聞きながら、僕が外階段を数段飛ばしで降りると、リムジンのドアが開いた。中から出てきたのは、銀縁眼鏡で上品なスーツを着た男だった。ドレスシャツにワインレッドのネクタイを締めている。

「大学まで送るよ、佐藤くん」

遠見宗一郎である。

年齢は五十近いのだが、三十代前半と言われても納得するような若々しさで、整髪料で整えられた髪には一本の白髪も混じっていない。宗一郎はそれだけ言うと、スーツの襟を正して、再びリムジンの中に戻ってしまった。

アパートの出入り口が塞がれてしまっていて、リムジンに乗り込むしか外に出る手段がないので、僕はそれに従うことにした。

初めて乗るリムジンの中はとてもシックな空間だった。

黒革張りのシートに光沢のあるテーブル。大きなモニターが正面に設置され、車内には邪魔にならない程度の爽やかな香りと清潔な空気が満ちている。宗一郎は一番奥に座り、その傍らには電源の入ったノートパソコンが置かれていた。黒塗りの窓から外は全く見えない。ドアを閉めると外界の音は遮断され、耳栓をしたかのような静寂が訪れる。

「好きな所に座ってくれ」

宗一郎に促されて、僕はすぐ近くのシートに腰を降ろした。

「冷たいジンジャーエール？」

僕の返答を待たずに宗一郎は、脇にある扉を開け、瓶とグラスを取り出して注ぐと、僕の目の前のテーブルに置いた。僕は礼を言ってからそれに口をつける。甘くなく喉にピリピリくるようなジンジャーエールだった。

「私には時々、こうすべきだ、という直感が働くことがある」

膝の上で指を組んで宗一郎がおもむろに話し始める。

「佐藤くんは、私が資産運用を趣味にしていることを知っているね？　それは、資金を使って資産を増やすゲームみたいなものだ。資産とは何も金銭のことだけではない。土地、家屋、証券といった経済的価値を持つ物も資産という。だが、私の場合はそれにプラス、人や経験や功績や、そして、家族といった、経済価値を持たずとも、個人的に価値があると思うものも、資産と見なしている」

宗一郎は一つ一つの言葉をゆっくりと間を取って話す。こちらが一言も聞き間違うことがないように、あるいは、一言も言い間違うことのないように。

「人生とは、どれだけの資産を得られたかで、その価値が決まる。他人からの評価は関係ない。どれだけ自分の資産に価値を見出せるか、どれだけそれを誇れるかだ。だから、私は自分の資産を増やすことに余念がない。どれだけの金銭をつぎ込んでも、それ以上の価値があると思えれば、私はそれを得るだろう。金銭は私の資産の中で重要な物ではあるが、もっとも価値が低いものだ」

難しいことを言っている気がするが、たぶん「お金には代えられない価値があるものってあるんだ。それが人生を豊かにすると思うのさ」という、ムーミン谷のスナフキンが言いそうなことを言ったのだと思う。

「私にはね、その時、私が考えている人、会っている人、そういう人たちにとって〝必要なもの〟が、何となく分かるんだ。私が、こうすべきだ、という直感を得るのは、そんな時だ。その直感に従って、その人に〝必要なもの〟を私が与えると、それは巡り巡って、必ず、私、あるいは、遠見の資産が増えることに繋がる。その直感に従ってきたからこそ、私は何物にも代えがたい、たくさんの資産を得られた」

リムジンが動き出す様子もなく、僕はいつまでアパートの出入り口を封鎖し続けるのだろうと心配になってきた。

「私は、その〝必要なもの〟を手に入れる。どんなモノでも、どんな手を使ってでも、必ず手に入れる。今まで手に入れられなかったことは一度もない。それらは私の手の届く所に、必ずあるからだ」

宗一郎は足元に置かれていた一本の傘を取り上げた。

「ただ、その〝必要なもの〟が持つ意味は、私には分からない。どうして、こんなものが？　と不可思議に思う物もある。それは、その人にとって〝必要なもの〟なだけで、私にとっては重要な意味を持たないからだろう」

それは、どこにでもあるような紺色の雨傘だった。

「今日、目が覚めて朝食代わりにコーヒーを飲んだ時、ふと君のことを考えた。私の大事な資産の一つである志緒に協力してくれている君のことをね。すると、どうだ。この傘を君に渡さなければいけないと思ったんだ。玄関の傘立てに突っ込んだまま、誰にも使われていないこの傘をね」

そう言って宗一郎は僕に、その傘を手渡した。

受け取ってみても、それはやはり普通の傘にしか見えなかった。

「本当はもっといい傘を私は持っている。どんな強風にも絶対に壊れない傘とか、鍔がついていて持つと刀のように見える傘とか」

何それ、僕もそっちの方が欲しい。

宗一郎は、身なりも発言もちゃんとした大人っぽいが、どこか子供のような純真さを持っている人のようだった。さすがは志緒の父親である。眼差しもそっくりだ。

「今日は雨が降るんですか？」

それがリムジンに乗って初めて僕が発した、言葉らしい言葉だった。

「天気予報では晴れだね」

彼は肘掛けに肘をついて、僕から視線を逸らした。

この傘、僕の部屋に置いてきちゃだめですかね？

そう言ってしまいそうになったが、僕は我慢した。大学に持って行っても、邪魔になるだけのように思うが、きっと、何かしら僕はこの傘を必要とするのだろう。

宗一郎はそれきり、黙ってしまった。

いつまでこのリムジンは発車しないのだろう。

宗一郎がゆっくり話すものだから結構な時間が経った気がする。そろそろ、血気盛んな中国人夫婦が窓ガラスを叩いてきてもおかしくない。

すると、リムジンのドアが勝手に開いた。運転手が降りてドアを開けてくれたのだ。

「君はいつか、それを必要とするはずだよ」

宗一郎はこちらを見ずに、厳かに言った。

「志緒のことをよろしく頼む」

僕はリムジンから降りる。

いつの間にか、大学の前に着いていた。

運転手はニッコリと微笑み、帽子を取って僕に頭を下げると、静かにドアを閉め、リムジンに乗り込んだ。そして、まるで滑るようにリムジンは走り去っていった。


その日、大学の授業を終えた僕を待ち構えていたのはゲリラ豪雨だった。

南で突如発生した季節外れの台風が、梅雨前線を刺激して雨を降らせたのだ。

僕はなるほどと理解した。

宗一郎の言う通り、今まさに僕は傘を必要としている。

誰も傘を持っていない中、僕は悠々と紺色の傘を差して歩き始めた。

——宗一郎はその人が必要とするものが分かる。

——彼は必ずそれを手に入れる。

——そして、それを与えることで彼、もしくは、遠見の一族は利益を得る。

僕が濡れないことが、遠見の資産を増やすことに、どう繫がるのかは全くわからないが、
あれだけ自信満々だったのだから、そうなるのだろう。

その時、凄まじい突風が吹いた。僕は傘の柄にしがみつく。

すると、傘は柄からすっぽり抜けて、空の彼方まで飛んで行ってしまった。
僕の手には傘の柄だけが無意味に残る。
持っていた荷物は濡れ、僕は風邪をひくはめになった。
世の中は理不尽なことだらけだ。
——へっくしょん！

2

佐藤くんはいつも、死線を消すのは私だ、って言う。
自分はその手伝いしかできないからって。
でも本当に、その通りなのだと思う。
これは私の問題であり、佐藤くんの問題ではない。
それは分かっているつもりだ。
死線が見えるのは私で、佐藤くんには見えない。
うまく死線が消せたとしても、見えない佐藤くんにはそれが分からない。
分かるのは私だけだってこと。
そもそも、本当にそんなものが存在しているのかすら、佐藤くんには分からない。
私が見えると言っているから、その存在を認識するだけ。
私が見えると言わなければ、その存在を認識しない。
ということは、私がいなければ、佐藤くんは死線を消せない。

見えないもの、認識できないものを消す、なんてことは誰にもできないから。

だから、死線は、それが見えている私が消すしかない。

それがつまり、死線を消せるのは私だけ、ということなのだと思う。

いつも問われているのは、私がどうするか、だ。

佐藤くんはその名前みたいに優しくて甘い人だから、私の荷物を半分もってくれようとするけれど、本当は、私が一人でも、どうにかしないといけないことなのだ。


運命が誰かの意志によって、より良い方向に変えられるのならば、より悪い方向にだって変えられることもあると思う。

たぶん、今回は私が始まりだ。

私の言葉がきっかけで、運命がより悪い方向へと転がりだしてしまったのだ。


いつもどうするべきか分からない。

自分にできることが何か分からない。

でも、今回は、今回だけは――

どうするべきか、分かる。

死線は消さなくていい。

私のぎこちない微笑みが鏡に映っている。

＊

瀬戸内海にある〝鷗縁島《おうえんじま》〟は、岡山県の東南端の沖に位置している小さな無人島である。数十年前までは有人離島で、銅の精錬業と採石業で隆盛を誇ってきた歴史があり、無人島となった今でも、当時の遺構がそのまま残っている。

近年、煙突やカラミ煉瓦などといった、その独特の景観を保存する名目で、ある企業が鷗縁島エコロジー美術館を建てた。美術館に宿泊施設を併設、そして、海水浴場なども整備し、観光地として再利用しようと計画したのである。

そのプロジェクトは滞りなく進み、本年のオープンを迎えるにあたって、関係者だけでプレオープンをする運びとなった。

そこに招待されたのが、遠見志緒、そして、その友人たちである。

——最後の一行は僕が考えたシナリオだ。

本来のプレオープン予定日は、志緒が招待された日ではない。プロジェクトの出資者である遠見宗一郎の協力により、プレオープンとは別日に、特別に利用させてもらうことが可能となったのだ。要するに、僕たちは計画に必要な無人島を、いとも易々と手に入れた、ということだ。

「こんなチケットがあるんですが、一緒にいきませんか？」

僕が適当に作ってプリントした鷗縁島エコロジー美術館プレオープンの招待チケットを遠見志緒は握りしめている。食堂に集まっていた元秀桜高校文芸部の四人は、チケットをいきなり差し出されたことに戸惑っていた。僕は少し離れた席で、うまくいくだろうかとヒヤヒヤしながらそれを見守っている。

「私の父がプロジェクトの出資者なんですけど、今年オープンする無人島の、鷗縁島エコロジー美術館のプレオープンに、一泊二日で招待されたんです。無人島って面白そうだなって思ったんですけど、私、誘える友達なんていなくて。さっき、ちらっと今度の土日が暇だって聞こえたので、じゃあ良かったらと思って」

僕と志緒は、母校を訪ねたあの日からずっと四人を監視していた。

彼らの会話に聞き耳を立てながら、無人島にどうやって連れ出そうかと考えていたのだが、つい先ほど、四人が今週の土日のスケジュールが空いていると言うのを耳にした。

それならばとすぐに行動を起こしたのである。

ここで無人島に招待できなければ、今日までの準備が全部水の泡になってしまう。

最初で最後のチャンスに、志緒は手の平に、「人」の中でも一番メンタルの強そうな〝巨人〟と書いて飲み込んでから、勝負に出たのだ。

「いいじゃん」

白石光瑠が志緒の手からチケットを取って眺める。

「面白そうじゃん、無人島。楽しそー」

パーマをあてた茶髪があちこちに外側に跳ねていて、そのどれもがクルリとした柴犬の尻尾みたいだった。おそらくそれが志緒に〝柴犬王子〟と命名された由縁なのだろう。

「ねぇ、無人島って本当に人がいないのかなー?」

頬杖をついて聞くのは、内側に巻いた茶髪のロングヘアーに、ドット柄のワンピースを着た葉鳥優海だ。〝フワフワ恋愛乙女〟は、質問内容もフワフワしていた。

「……先輩たちが行くなら、私はついていきますけど」

前髪をいじりながら他の面子の動向を窺っているのは〝ミス前髪パッツン〟朝浦千晶。

そして、一同はリーダーの判断を仰ごうとしたのか、自然と〝高飛車眼鏡〟の二楷堂楓に視線を集めた。

楓は光瑠からチケットを奪い取って、それを注意深く眺める。

「無人島にできた美術館？　なんだか、面白そうね。ミステリの舞台になりそう」

そう呟いて楓は、赤いフォックス眼鏡の縁を押し上げて志緒に視線を向ける。

「これ、日付が書かれていないけど、いつ？」

「今週の土曜日、お昼に港から船が出ます。その日に美術館見学ができて、向こうの宿泊施設で一泊、日曜には帰ってこれます」

「そう。みんなその日程は大丈夫？」

他の三人は「全然問題ない」「なんとかなるー」「行きます」と口々に答えた。

「でも、本当に私たちでいいの？」

「はい。あなたたちが一番いいと思います」

志緒はニッコリと微笑んで返した。

そして、現在に至る。


鷗縁島は本土から船で二十分。

島には小さな港があるが、定期船は出ていない。もうすぐ運航されるとのことだったが、今はまだ、近くの漁港から船を借りて運んでもらうしか、渡る手段がなかった。

秀桜高校文芸部の四人とはその漁港で待ち合わせることにした。

そこで僕は初めて彼女たちと顔合わせをする。

なぜなら、秀桜高校出身者である四人が、僕のことを知っていて、すでに悪い印象を持っている恐れがあったからだ。特に、光瑠と楓は僕と同学年である。僕と関わったら、何か良くないことに巻き込まれるのではないか、なんて勘繰られたら困る。戻るのが億劫に思える場所まで連れてきてから、存在を明かした方がいいと考えたのだ。

しかし、それは結局、杞憂で済んだ。

僕が秀桜高校出身であることを言わなかっただけで、四人は誰も僕のことに気付かなかったのだ。クラスが違えば、気付かないものなのかもしれない。もしくは、知っていても僕のことなどみんなすぐに忘れてしまうのだろう。

そして、僕たちは挨拶もそこそこに、鷗縁島エコロジー美術館の女性職員一人と共に船に乗り込んで、鷗縁島に向かうこととなった。

「顔色が悪いみたいだけど、緊張してる?」

僕は隣に座っている志緒に声を掛ける。

船は漁船ではなく小さなフェリーであり、室内に数十席ある客席に、それぞれが思い思いに座っていた。僕たちと文芸部の四人とで距離が離れているのは、まだお互いの距離感が摑めていないからだ。

「朝が早かったから、そう見えるだけ」

志緒は首を振って答えた。どうやら、いつもの色付きリップを唇に塗っていないから、顔色が悪く見えたようだ。

「そう？　ならいいんだけど」

鷗縁島に行くだけで、四人の死線が消えるかもしれない。

それはただの希望的観測だったが、そうありえない話ではなかった。

鷗縁島に行くことが、訪れる死の要因への回避行動になっていればいいのだ。

その死の要因が何か分かっているかどうかは関係がない。死線が消えてから、どんな事件や事故に巻き込まれるはずだったのかが分かることもあるだろう。

「もし、犯人がいるとしても、ここまではさすがに追ってこれない。僕たちは犯人じゃないし、美術館の職員さんも船長さんも見学が終わったら本土に帰ってもらうし、島に残るのは僕たちだけになる。少なくともその状況なら、四人が誰かに殺されることはない」

明日来るはずの迎えのフェリーが来ず、僕たちは鷗縁島に閉じ込められる。

もちろん、四人の連絡手段はそれまでに奪う。かなり強引なやり方かもしれないが、死ぬよりはマシなはずだ。

鷗縁島の宿泊施設には充分な食料を用意してもらっていた。

遠見宗一郎にはこの計画の全容を伝えてあるし、彼との連絡手段は向こうで用意している。一日ごとに連絡を入れることで、万が一の遭難にも備えてあった。

今の四人の死線はレベル2だ。最初に志緒が発見してから、今日に至るまで、死線の状況は着々と進行していたが、こちらの準備が整うまで、何とか間に合った。

もし、鷗縁島についても死線が消えない場合は、死の要因を探る必要がある。むしろ、この安全地帯にいる間に、それを見つけ出すことが今回の目的だった。

それこそ〝傘を持って飛び降りた生徒〟の事件と関連しているのではないか、というのが僕の見立てである。なぜ、四人が殺されようとしているのか、誰がそうしようとしているのかが分かれば、死線が消えてなくても、鷗縁島を出る。真相と犯人さえ分かれば、対処できるだろうし、犯人のいないここでは解決できない場合もあるだろう。

そして、この後の状況次第では死線のことを四人に伝えて、こちらの手の内を明かすことも考えていた。本当に犯人がいて身を守る必要があるのなら、知っていた方がいい。信じてもらえるかどうかはわからないけれど、そこは説得するしかない。

いつかは必ず、死線が現れる要因となった死がやってくるのだ。

僕たちの正念場はこれからだった。

「無事に島に辿り着けそうで良かったよ。これで時間が稼げる。あとは向こうで——」

「でもね、佐藤くん」

珍しく志緒が僕の言葉を遮った。

「島に近づくにつれて、あの人たちの死線が増、え、て、い、っ、て、る、の」

僕は耳を疑う。そんなはずはない。

僕たちは死の運命から逃れる為に、安全な場所に向かっている。

それなのに――

「きっとあの人たち、明日には死ぬよ」

鷗縁島に着いても、四人の死線が消えることはなかった。

＊

そこはどこか物寂しい島だった。

船着き場から、島の外周へと左右に分かれて伸びた道は、真新しく舗装されたアスファルトだが、見える景色は緑豊かな自然である。

遠くには森が切り開かれて剝き出しになった岩肌が見えて、銅の製錬所のものだろう赤茶けた煉瓦の煙突がポツポツと点在していた。見える範囲にある建物のどれもが廃墟で、かつては商店だったらしい建物の看板は、錆に覆われて文字すら読めない。どこにも人の息遣いが全く感じられなかった。

真夏にもなれば蟬の合唱が聞こえるのだろうが、まだそんな声もなく、ただ波が打ち寄せる音だけが響いて、静まり返っていた。

島は徒歩でも二時間あれば回り切れるらしい。

本土へと戻っていった船を見送った僕たちは、鷗縁島エコロジー美術館に向かう為、女性職員の案内で、アスファルト舗装された道を歩き始める。

その道の周囲には、海を眺める為の石材の椅子だとか、異国を感じさせる街路灯であるとか、明らかに最近設置されたものが多く見られた。女性職員が得意気に、それらも美術館の所有物であり展示物の一つであると話す。しかし、新しいデザインのものと、レトロに朽ち果てているものが、妙にちぐはぐで、僕はかえって戸惑いを覚えてしまった。

口を開けばネガティブな発言が出てしまいそうだからか、一同は島の感想を口にせず、重苦しい空気である。

それでも、道の途中で、三日月のように湾曲した綺麗な砂浜が現れた時には「わー、すごーい、きれー」と、白い麦わら帽子を被ってドット柄のワンピースを着た〝フワフワ恋愛乙女〟葉鳥優海が歓声をあげた。彼女はキャリーバッグをコロコロと引きずっている。一泊二日の旅行に、それほどの荷物が必要なのかは疑問だ。

「ちゃんとしてるところは、ちゃんとしてるんだ！」

その感想の通り、手が入った場所は驚くほど綺麗に整備されていた。

今年の夏には海の家として使われるらしい白亜の建物も、まるでオーストラリアのオペラハウスみたいに素敵に見える。それに、僕たちがいつも見る海とは違って、水は透明度が高く青い。季節的にもまだ早いが、泳ぐことができたら、さぞかし気持ちいいだろう。

「すげー、ここって穴場じゃね？　夏に来てみたいかも」

デニムハーフパンツに、落ち着いた色のアロハシャツを着た〝柴犬王子〟白石光瑠も気に入ったらしい。

「無人島、ビーチ、人気のない隠れスポット。こりゃ、サメが出るな。巨大ザメ。波打ち際でキャッキャはしゃいでる優海ちゃんが、サービスショットを終えた直後に齧られる展開だ」

顎に手を当てて、うんうんと頷き呟く光瑠に、優海は顔をしかめる。

「変な妄想はやめてくださいよー。こんな浅いところに巨大ザメなんか出ないしー！」

「いやいや、サメ映画なめんな。フライングシャークなら、浅いとかそんなの関係ないぞ。空からくるんだからな」

「もう、ビーチ関係ないし！」

「ピラニアシャークでもアウトだ。あいつら小さいからな」

「それサメじゃなくて、ピラニアでよくないですか？」

「ピラニアは淡水魚じゃないか」

「そんなところだけリアルを守る意味あります？」

そんな二人の後ろを歩く、ポロシャツにカーゴパンツの〝高飛車眼鏡〟二楷堂楓は、口には出さなかったが「まぁ、こんなのもアリね。私は興味ないけれど」みたいに澄ました表情をしている。

一番最後尾にいる〝ミス前髪パッツン〟朝浦千晶は、変なキャラクターがプリントされたシャツで、ショートパンツにタイツをはき、リュックサックを背負って、キョロキョロと辺りを見回していた。彼女は、見栄えのする新しいものではなく、あちこちに残っている崩れたレンガ壁の残骸や、骨組みしか形を留めていない廃屋の方に目を奪われているようだ。リュックサックから、ミラーレス一眼カメラを取り出して、それらを撮り始める。

そんな千晶に楓が声を掛けた。

「写真、撮ってあげようか？　自分が映ってないと記念にならないでしょう？」

それに対して千晶は首をぶんぶんと大きく横に振る。

「いえ、いいです。記念とかそういうのじゃなくて。廃墟に人がいたら、ダメじゃないですか。そこに人がいないから、廃墟なんです。それが美しいというか、萌えるというか。私なんかがへらへらした顔で映り込んだら、廃墟感なくなりますよね。それじゃダメなんです。人間が映り込むとしたら、そうですね、白骨死体とかだったら、映えると思うんですけど。あ、ゾンビ的な死体もアリです。それはそれで、風化とは違ったパンデミックによる退廃が見えるので、そんな写真なら撮りたいです」

やや早口な千晶の言葉に楓は「……まさに、その通りね。白骨死体、無いかしら」と、たじろいだ様子で話を合わせた。千晶の意外な一面を知ってしまった、そんな顔だった。

僕の隣を歩く遠見志緒は、いつもとあまり変わらない格好だが、歩きやすそうな赤いスニーカーをはいている。けれど、軽い足取りとは裏腹に表情は重く、心ここにあらずといった様子で、その瞳には周りの景色が映っていないように思えた。

無理もないだろう。僕たちは無人島が安全な場所だと思っていたのだ。それなのに、死線は消えるどころか、より増えてしまった。思い違いも甚だしく、完全に出鼻をくじかれた形だ。僕たちには、無人島の景色を楽しんでいる余裕はなく、これからどうなるのか、どうすべきなのか、考えなくてはいけないことがたくさんあった。

何をどう話しかけていいものか思いつかず、僕はただ黙って歩き続けた。

砂浜を通り過ぎると、道が分かれていた。

僕たちは島の内部へと向かう道に進む。

林を抜けると、坂道の上に、ガラス張りの近代的な建物が見えた。

そこが目的地の鷗縁島エコロジー美術館だった。

「えー、鷗縁島エコロジー美術館は〝自然の恵みを最大限に活用するエコロジー〟をコンセプトに、太陽光や地熱によるエネルギーを利用した作りになっています。美術館の電力は設置されたソーラーパネルで全てまかなわれていまして——」

資料を片手に、慣れていない様子で美術館の女性職員が、館内を案内してくれている。三十代の後半くらいだろうか。グレーのスーツの、感じの良い人だった。

今は他に誰もいないこともあって、鍵は入り口にしか掛かっていなかった。

美術館は風や太陽の光、地熱をうまく使って室温をコントロールしているのだそうだ。大きく開け放たれた窓から窓へと、風が通り抜けて涼しい。

天井にはうまく採光窓が取り入れられていて、室内灯の存在すら見当たらなかった。

「曇りの日でも大丈夫なように、内装を白くすることで、集めた光を反射させ、室内をより明るくします。しかしながら、自然のエネルギーだけで生きるというのではなく、我々の目的は、既存の技術との共存であり、便利なものは使う、節約できるものは節約するという〝できるだけエコロジー〟を推進しています」

寂寥感漂う島に突如現れた近代的な建物。

鬱蒼とした森の中に、ビルが建っていたような、不思議な感覚だった。

ただ、そこに嫌な感じはなく、むしろ都会で育った僕たちは落ち着いた気持ちになれる。

建物の仕組みが自然と調和しているように感じられるからだろうか。

「開発の始まった未開のリゾート地みたい」

ポツリと楓が呟いた言葉が、的を射ているように思う。

「俺も〝できエコ〟すごく、いいと思う。すごく、共感する」

感激した光瑠は気持ちを言葉にうまく表現できないようで、片言のようになっている。

「俺、鷗縁島を、応援したい！」

誰もが思っても口に出さなかった言葉に、女性職員が苦笑した。

鷗縁島エコロジー美術館は、美術館という名目だが、絵画や骨とう品といった美術品の類は一切置かれていなかった。

「ここでは、廃棄された煙突を利用しまして、夏は地下で冷却した空気を外に、冬は太陽光で温めた外の空気を地下に送って循環させ、快適な空間に保ちます。また、雨水を植物の力によって浄化するシステムを導入していまして、この施設だけで生活をするという、えー、環境に負荷を与えない未来志向の施設としても注目されています。鷗縁島エコロジー美術館は、この美術館こそが、一つの大きな展示物だということです」

一通り館内を歩き、全ての説明が終わったのか、女性職員は満足そうに鼻息を漏らした。

「皆さまが当館の初めてのお客様ということで、至らぬ点が多々あったかと思いますが、本日はどうもありがとうございました」

そう頭を下げる女性職員に、みんなは「おー」とか「わー」といった言葉と共に、パチパチと手を叩く。どうやら、みんな結構満足した様子だ。

確かにしっかりと見るべきものがあって、面白い美術館だった。

誰もいなくなった島に建てられた未来を考える施設。それはまるで文明が崩壊した世界の、小さなエデンのような、そんな趣さえ感じられた。

それから僕たちは、美術館から少し歩いたところにある、銅の製錬所を見学する。

そこは煙害対策として本土から離れた島に建設されたものの、銅価格の大暴落によってたった数十年で閉鎖を余儀なくされた製錬所跡なのだそうだ。銅の製錬過程から発生する鉱滓から作られた、黒っぽいカラミ煉瓦が使われた壁や階段、工場跡がまるで迷路のようになっていて、まるでファンタジー世界の遺跡に踏み込んだようだった。

迷路を抜けた先は小高い丘になっていて、島の全景が見渡せる。

ほんの少し高い所に上っただけで、その全てが見渡せるような小さい島だった。

当然、そこに人の姿は全くない。

ここにいる僕たち以外の誰も存在していないことを、今更のように気づかされる。

僕はこの島に来てから、ずっと考えていた。

ここで秀桜高校文芸部の四人が巻き込まれるような事故が起こりうるか。

もし、起こるとしたら、一体、どんな事故か。

これから、何が起こるか。

「ねぇ、志緒。今もまだ、死線は増え続けてる？」

志緒はこちらを見ずに、髪を耳に掛けて答える。
「この島について落ち着いた。まだ大丈夫。まだその時じゃない」
彼女の視線は海の向こうにあった。
そこには僕らのやってきた本土がうっすらと見える。
見えるが、泳いで辿り着ける距離ではない。
「事故じゃないと思う」
それがずっと考え続けて、出した僕の結論だった。
無人島に連れてこられて事故死する。
それでは、あまりにも仕組まれた運命に思えた。
もしそうなら、僕たちは何もしなかった方がよかったということになる。
そんなことはない。
何もしなかったらその人は死んでしまう。
それが死線のルールだ。だから、そうじゃない。
ここに来なくても事件は起きていたはずだ。
でも、ここの方がその事件が起きるのに都合がよかったということは、考えられる。
僕たちが用意したのはクローズド・サークル。
そんなものが格好の舞台になるなんて、僕に考えられる事件は一つしかない。

「たぶん、こ、ここでみんな殺され、い、いるんだろう」

つまり、連続殺人事件だ。

「そうね、私は――」

志緒が何かを言いかけて躊躇い、そして、言葉を続けた。

「私もそう思う」

僕たちがここに来なければ、この島は無人のままだった。

人の姿はなく、ただ自然が自然のままで、ゆっくりと時間が流れるはずだった。

人間がやってきて好き勝手に開発し、棄てられてしまった島。

今日、僕はこの島に悪意を持ち込んでしまったのだ。

「それで、どうするつもり？　このまま帰る？」

志緒が聞いているのは、この後、本土に帰る船に四人を乗せるかどうか、ということだ。

そうすれば、少なくともクローズド・サークルからは逃れられる。

「いや、ここに残ろう」

それは僕の決意表明だった。

四人を帰したところで、守りにくくなるだけだ。

「ここで一度に全員を守りきる。クローズド・サークルで、連続殺人事件と対峙して、誰一人殺されることなく、犯人を見つける」

たとえ、今はまだ犯人が存在していなくても。

志緒はあの四人が「明日には死ぬ」と言った。

死線による死はいつか必ずやってくる。

けれど、その歩みを遅くすることはできる。

僕がここで本当にしたかったことは、安全地帯に逃げ込んで、死線の進行を一時的にでも止めることだった。でも、それができなくなった今は、犯行を阻止し続けることで、その進行を遅らせるしかない。

僕たちはこれから、誰も殺されていない連続殺人を止めなくてはならないのだ。

「ねぇ、佐藤くんって、探偵みたいだね」

「僕は鹿撃ち帽より、このキャスケットの方が好きだよ」

「そうね。それが一番似合ってる」

*

「客室は内鍵とドアロックが掛けられるようになっていまして、外から開ける鍵はありません。それから、部屋に電源設備もありません。携帯電話などの充電はお手数ですがフロントにある専用の充電機器をお使いください」

鷗縁島エコロジー美術館まで戻ってきた僕たちは、そこに併設する宿泊施設で、女性職員から案内を受けていた。

宿泊施設はマカロンのような形をした円形の建物だった。

中央に中庭があり、正面にある曲線階段をあがった二階には、ぐるりと円状に客室が十二部屋ある。新しい施設であることもあって、何もかも新しく綺麗だ。

「フロントにはナンバーロック式の金庫がありますので、ご自由にお使いください。今回はお客様しか島にはおりませんので、使用の必要はないかもしれません。浴場は男女分かれて一階にありますので、お湯を張って頂ければご利用可能です。こちらの給湯設備もソーラー発電の電力を使用しておりますので、ずっと曇りの日が続けば温かいお湯がでなくなりますが、本日はお天気が良かったので大丈夫かと思われます」

「〝できるだけエコロジー〟ですね？」

楓がそう聞くと、女性職員は「はい」とニッコリ微笑んだ。

この宿泊施設は元より、従業員が常時滞在せず、朝に船で島にやってきて夕方には帰っていく方式を予定しているのだそうだ。その為、客の自由度が高い。調理場など日常生活に必要な設備は全て一階にあって、この施設だけで自立した生活ができるように配慮されている。

「それでは、どうぞごゆっくりとお寛ぎください」

女性職員は最後に丁寧なお辞儀をすると、宿泊施設から出て行った。

彼女はこれから船に乗って本土に帰るのである。志緒が声を掛けて見送りについていく。

それは、この島から出るのを確認する為でもあった。予定では、明日に船がくるまで、この無人島は僕たちだけになり、他に誰もやってこないことになっている。

「すごーい、綺麗で、いいところ！　贅沢を独り占め！」

優海が嬉しそうに両手を広げてクルリと回った。

中庭には芝生が敷かれており、木のガーデンテーブルが置かれている。

天井を見上げると、中央部分だけドーム状のガラス屋根になっていて、そこからはかなり傾いた角度で陽射しが射しこんでいた。

「別にあなた独りじゃないけどね」

トレードマークの赤いフォックス眼鏡の縁に指を当てて、楓は辺りを見回している。

「とりあえず、みんな荷物を部屋に置いて来て。その後、ここに集合しましょう。遠見さんが戻ってきたら、夕食の準備をしましょう」

各自の荷物は、光瑠がスポーツバッグ、僕と楓と志緒はショルダーバッグ、優海がキャリーバッグで、千晶はリュックサックである。

「俺は一番広い部屋にする！」

光瑠が真っ先に曲線階段を上がっていく。

マイペースに建物内部をミラーレス一眼カメラで撮っていた千晶の腕を「私も私も、千晶ちゃん、一緒に写ろ!」と優海が後ろから摑んで、強引に自分のスマートフォンカメラのフレームにおさめようとする。千晶は映りたくないのだろうか、引きつった笑みを浮かべているが、優海はお構いなしだ。

僕は部屋を見ておこうと考えて、二階の客室に向かった。

一番近いからという理由で、階段上がってすぐの部屋を選ぶ。部屋のネームプレートに、さきほど女性職員から渡された紙のネームをさして中に入った。

白を基調としたインテリアの綺麗な部屋である。

机と椅子にシングルベッド。枕元にランプ。あるのはそれくらいで、他には飾り気がなく、とても質素だった。何室かがダブルベッドになっていると聞いていたが、それは別の部屋のようだ。ドアを閉めて内鍵とドアロックを掛けた。

もし、マスターキーのようなものがあって、外から鍵を開けられるとしても、ドアロックを掛けておけば、中に入られることはないだろう。ドアロックも鉄製の丈夫なもので、簡単には壊せそうもない。

僕はショルダーバッグをベッドの上に放り投げて、部屋の中を見て回る。

バルコニーのようなものはなく、壁には大きな窓がついているだけだ。

窓を開けて外を見た。

相変わらずの物寂しい風景がそこにあった。

しかし、文明崩壊後のシェルターから見た風景のようで、結構いい感じだった。オープンすれば知る人ぞ知る穴場の観光地になるかもしれない。もっと人がたくさん泊まれる宿泊施設は、近くの大きな島の方にあるらしい。

窓から身を乗り出して隣を見てみる。

仕切りがあって、外から隣の部屋に移動することはできなさそうだ。

内側からしっかりと鍵を掛けておけば、部屋には誰も侵入できないだろう。

それが確認できた僕は窓を閉め、ドアの鍵を外して部屋から出た。

「優海ちゃん、俺の部屋、ダブルベッドなんだけど、どうかな！　一緒に」

手すりに肘を置いた光瑠の前を「いや、先輩、それは絶対にないです」と優海は素通りしていく。

「千晶ちゃんはどうかな！　俺、わりとイケメンな方だけれども！」

「先輩とは親しくなりたくないので、朝浦と呼んでください」

千晶もその前を素通りした。

「つまらない冗談言わない」

続いて上がってきた楓に叱られた光瑠は「へーい」と肩を竦めて階段を降りていった。

僕もエントランスまで降りることにする。

「いやー、本当に、いいとこだ。ここ、全部俺たちの貸し切りなんて。最高だ！」

光瑠は両手を振り上げて大きく伸びをしている。

「せっかくだからさ、みんなで楽しもうぜ！」

降りてきた僕に気づいた光瑠は、屈託のない笑顔を僕に向けた。


「私たち、同じ高校の文芸部だったの」

志緒が帰ってきたので、あらためてきちんと自己紹介しようと楓が提案した。

船に乗り込むのが慌ただしかったので、名前を互いに言いあった程度だったのである。

常に主導権を握りたがる女子、と志緒に評された楓だが、正直な所、仕切ってもらえるのは助かる。僕も志緒も人付き合いが苦手だ。できないことはないが「頑張っています感」がどうしても滲み出てしまう。

僕が名前と学部を名乗ると、光瑠が驚いた顔をした。

「すっげぇ、苗字も名前も甘いな」

よく言われる。

「俺は佐藤って呼ぶから、そっちは白石でも、光瑠でもどっちでもいいぜ」

白石くんと呼ぶことにした。

呼び捨てにするなんて、想像しただけで緊張してしまう。

「志緒ちゃん、今日は無人島に誘ってくれてありがとうー、意外と楽しかったー、仲良くなろー？」

そう言って優海は志緒の手を両手で握っている。

いきなりのスキンシップ！

コミュニケーション能力の高い人間でないとできない技だ。すごい。

それを千晶がすぐに窘める。

「優海先輩、意外とってのは、余計な一言ですよ。そこは、すごく、でいいんです」

「えー、だって、意外だったもの。普通、人がいっぱいいる場所の方が楽しいもん。誰もいないことが、素敵なことだなんて、知らなかったー」

元文芸部の四人の印象は悪くなかった。

光瑠はノリが軽いが誰にでも親しげで、しっかり者の楓はみんなのリーダー。

優海はムードメーカーで、真面目な千晶はフォローができる。

どこにでもいる感じのいい大学生たちで、殺されるような理由は見当たらない。

本当にここで連続殺人事件なんて起こるのだろうか。

死線が現れていることは確かなのだろうが、僕はまだ半信半疑でいる。

自己紹介が終わったところで、夕食の支度にとりかかる事になった。

全員で調理場に向かう。そこは飲食店の厨房のような雰囲気で、大型の冷蔵庫やコンロといった、調理に必要な設備が全て整っている。

「わあ、いっぱい、食べ物が入ってる！」

優海が冷蔵庫を開けると、中にはたくさんの食材が入っていた。

「二日でこんなに食べきれるのかな、やだー太りそう！」

それもそのはずで、そこには一週間分の食料を入れてもらったのだ。

費用は全て遠見宗一郎持ちである。

「優海先輩って、どんなに食べても太らない体質じゃないですか」

そう口を尖らせる千晶だったが、彼女も別に太ってはいない。

「いやいや、私、脳みそダイエットしてるからね。脳みそってすごくエネルギーを使うんだって。だから私、毎日、すごく難しいことを考えてるの」

「全然そんなふうには見えないです」

「んんん？　千晶ちゃん、どういうことかな？　んんん？」

優海に後ろからがっしりと腰を掴まれた千晶は逃げられずに震えている。

「遠見さん、包丁が見当たらないんだけど……」

キッチンの棚を次々に開けていた楓だったが、どこも空のようだ。

「用意し忘れたのかも」

志緒は空惚けているが、もちろん、刃物の類は置かないように頼んでおいた。万が一にも、それを凶器として使われないようにである。

「楓先輩、大丈夫ですー、野菜は全部カットされてるし、お肉もほら！　ほら！　これすごい！　高そう！　きっとナントカ牛！」

優海が冷蔵庫から取り出した肉は確かに高そうだった。

僕の安っぽい胃はそれを見ただけで、びっくりしてぐぎゅると小さく鳴いた。

外に面した調理場の引き違い窓の向こうには東屋《あずまや》があり、バーベキュー用コンロが置かれている。今日はそこでバーベキューをする予定だ。今は光瑠が炭をいれて、火を起こす準備をしていた。

僕はあまりこういう経験をしたことがなく、何をしていいのか分からなかったので、手持ち無沙汰に突っ立っているばかりだった。

着々と準備が整って、陽が落ちる。

無人島に現れた夕陽はいつも目にするものとは違って、赤く、大きかった。

陽が落ちると、東屋に勝手にライトが点く。宿泊施設の方も、通路などに明かりが灯ったようで、施設自体がぼんやりと淡く光って見えた。

みんな集まって東屋の近くに設置されているガーデンテーブルで食事をとる。

僕は黙々とコンロで食材を焼いていた。

トウモロコシを焦がし過ぎないようにするとか、シイタケからぷつぷつと水分が出るのを見るのは楽しい。人とコミュニケーションをとるよりは、食材と心の中で会話している方が気楽だった。「どうだい、そろそろ食べごろかい？」「ばっちり焼けてるっす！」「そうか、君もいよいよ、人生のクライマックスだな」「よく嚙んで味わって欲しいっす！」とかなんとか。

どうやら、このコンロ前は僕の安住の地のようだった。

「こんなに美味い肉があるのに、どうしてここには酒がないんだ！　なぜ俺は手ぶらできてしまったんだ！」

骨付きカルビを嚙み千切って、光瑠が嘆いていた。

宗一郎は志緒にお酒を飲ませたくなかったのかもしれない。ここにはお酒の類は一切用意されておらず、なぜか麦茶のパックばかりがたくさんあったのだ。

プラスチックのカップに注がれたお茶を手に、楓が眉をひそめる。

「タダでこんなに美味しいものを食べさせてもらってるんだから、文句言わないの。私はこれだけでも十分だわ。どうしても欲しければ、コンビニでも探してきたら？」

「あるのかなー無人島にコンビニ。探してもいいけど、あったらあったで怖いなー？　無人島にあるコンビニなんて誰が利用するんだっていう」

「海から来る人よ」

「いいか、絶対、濡れたままでコンビニ入ってくんなよ」

「ちゃんと持参したタオルで体を拭いてから入るに決まってるじゃない」

「律儀じゃねぇか。最低限のマナーは守るタイプかよ。それなら貝殻がお金の代わりとか言い出さない限り、俺は許すわ」

光瑠はまるで酔っているかのようなテンションだ。

「優海先輩、あのキャリーバッグには何が入ってるんですか？」

焼きトウモロコシを齧りながら千晶が聞く。

「ん？　ゲーム持ってきたの」

「それは残念でしたね。ここ、テレビもないし」

優海は人差し指を左右に振って否定する。

「電源がなくても、テレビがなくても、携帯ゲーム機がなくても、どこでも遊べるゲームがあるのよ。ボードゲームとかカードゲーム。最近、流行ってるんだから。人集まんないと遊べないから、あれもこれも持って来ようとしたらキャリーバッグいっぱいになっちゃった。この後、朝まで我々はそれで遊ぶのだったー」

「私は眠たくなったら寝ますよ」

「それがつい夢中になって遊んでしまうのだったー」

「寝ますって」

「そして朝を迎えるのだったー」

「ナレーションをつけても駄目です」

「ところが、この後、まさかの事態に」

「なりませんて」

「ゲームに負けた千晶ちゃんは素っ裸で――」

「オーケー、私が優海先輩をひん剝いてやりますよ」

四人の会話にそれとなく耳を傾けていた僕に、志緒がお茶のコップを持ってきてくれた。

「まだ大丈夫みたい」

何が、と言われなくても分かる。

四人が近くにいる時は、死線という言葉を使わないでおこうと決めていた。

彼らに死線の存在を明らかにするかどうかを、まだ決めかねていたからだ。

僕は志緒からお茶を受け取って飲んだ。

「そう、それは良かった。僕も安心して肉が焼ける」

「随分と楽しそう」

「楽しいよ。ほら、ちょうどナスビが悩ましい姿で焼けたところだ」

僕は焼けてだらんとしたナスビをトングで摑んで、志緒の持っている紙皿に置いた。

「佐藤くん、さっきからニヤニヤして、ブツブツ何か言ってる声聞こえてたよ」

「……嘘⁉」

誰かがモザイクになれば、すぐに教えてもらう手はずになっている。

志緒が「まだ大丈夫」と言っているのは、まだ誰もモザイクになっていないということだ。クローズド・サークルでよくある、飲食物に毒が混入されるなんて事態にはならないらしい。そんなことになるのなら、すでに誰か、もしくは、全員がモザイクになっているはずだ。こういうところは〝死が訪れる人のタイミングが大体分かる〟こちらの強みである。

食事が終わったら、僕たちはすぐに〝傘を持って飛び降りた生徒〟の事件を聞いてみるつもりだった。もしどこかに犯人がいて、この二日の間に全員を殺そうとしているのであれば、悠長にはしていられない。事件のことを聞けば、死線の状態が進行してしまう恐れがあったが、死の要因が〝傘を持って飛び降りた生徒〟の事件に関わっているかどうか、それはまず確かめておかなくてはならなかった。

「佐藤くんは〝誰も死なないミステリー〟のこと憶えてる？」

「憶えているよ」

それは最初に志緒と出会って死線の話を聞いた時に、僕が口にした言葉だ。

「あの時、佐藤くんは、どんなに人がたくさん殺されるミステリーも、私なら誰も死なないミステリーにできるかもしれないって言ったの。ミステリーとしては、とてもつまらないかもしれないけれど、登場人物は全員救われる。誰も殺さずにすんだ犯人さえも救えるかもしれないいいいって。今でもそう思ってる？」

確かにそんなことを言った。

志緒の能力さえあれば、誰かが殺される前に救うことも、誰かを殺そうとしている人を救うことも、きっとできるだろうと僕は思ったのだ。

「今でもそう思ってるよ。それができるって信じてる」

「だったら私も、同じようにそれを信じてる」

東屋のライトに照らされた志緒の表情は翳りを帯びていた。

「ねぇ、佐藤くん。今回もつまらないミステリーにしてね」

「そうだね。全然売れそうにない、つまんないミステリーにしよう。『そして誰もいなくならなかった』っていう酷いタイトルの」

志緒は首を傾げてクスリと笑う。

「それ、読んでみたい」

色付きリップを塗っていないだけで、色白の彼女はとても青ざめて見えた。化粧とは呼べないようなものでも、唇が赤く色づいているだけで、随分と顔の印象が変わるものだなと思う。

「あ、そのお肉焦げてる」
しまった。肉との会話をおざなりにしてしまった。
しばらくして、誰もが大いに食べ、炭火の勢いも弱まってきた頃。
僕の瞼が急に重くなってきた。
意識がどんよりと曇ってくるような感じ。
遠出して歩き回った上に、満腹になったせいだろうか。
うつらうつらと睡魔が襲ってくる。
何度か意識が落ちそうになり、その度に、無理矢理引き戻す。
これから大事な話があるのに、このままではいけない。
——顔でも洗ってこよう。
立ち上がって、異変に気付いた。
ガーデンテーブルに突っ伏している三人は、志緒と楓と千晶だ。
椅子の背に身体を預けて目を閉じているのが、光瑠。
優海はどこから持ってきたのかクッションを抱えて、調理場の床に倒れこんでいた。
全員が意識を失っているようだった。
うまく働かない頭で、どうしてこんなことになっているのかを考える。

食材に毒が仕込まれていたのなら、死線の進行具合で気付けたはずだ。

でも、これはそうじゃない。

人を殺すなら毒だろう、なんて思い込みもいいところだった。

僕たちのような一般人なら、即効性のある毒を手に入れるより、睡眠薬や睡眠導入剤を手に入れる方が、よっぽど簡単だ。

全員眠らせてしまえばいい。

後は好きなようにできる。

一体、誰がこんなことを？

僕たちの中に？

それとも、外に？

このまま眠ったらダメだ。

眠っている間に、何をされるかわからない。

足を踏み出したが、思っているより力が入らずに地面に膝をつく。

――どうにかしないと。

食べてしまったものを吐いたところでもう遅いだろう。

何か、鋭いもので、身体のどこかを、刺して、痛みで、脳を覚醒させて。

そうすれば、僕が起きてさえ、いられれば。

みんなを、起こして——

なぜ、僕は地面に倒れている？

僕の意識は深いところに落ちていく。

3

僕が〝誰も死なないミステリー〟という言葉を耳にしたのは、住んでいた団地にある夜の公園でだった。僕たち家族は引っ越しを余儀なくされて、通う学校から距離のあるこの団地へとやってきたのだ。

ニュースで報道され、世間一般に広まったわりに、父に下された判決は執行猶予つきの有罪判決だった。父は職を解雇されただけで、家に帰ってきた。

あまり自分のことを語らない人だったので、父がその時何を考えていたのかは分からない。それでも、父は新しい職を探してもう一度元の生活を取り戻そうとしていた。

しかし、新しい就職先はなかなか見つからない。

毎日、ハローワークに通って、数か月後、ようやく仕事が見つかった時には、家族三人でささやかなお祝いをしたのを憶えている。父は嬉しそうだった。

その頃には、僕はもう学校で嫌がらせをされていたのだけれど、家庭が円満であれば、それで良かった。家庭さえしっかりしていれば、いつか、元の生活を取り戻せるだろうと思っていたからである。

しかし、そんなある日、通学の途中で、仕事先に向かっているはずの父が、パチンコ店に入っていく姿を目撃してしまった。酒や煙草もやらず、そういった賭け事にも手を出しているのを見たことがなかったので、そんな姿を実際に目にしても、信じられなかった。だから、僕は母には言わず、何も見なかったことにした。

口にさえ出さなければ、見間違いで済むと思ったのである。

しかし、そんなわけにはいかなかった。

父が仕事を辞めていたことが発覚するのに、そう時間は掛からなかったのである。

その時にはもう父はすっかり働く気を失くしていた。

仕事を探しに行くと言って母からお金を受け取ると、そのお金で酒を飲んで帰ってくる。そのうちに、外に出ることもなくなり、家で酒を飲むようになって、自由にできるお金がなくなると、母に暴力を振るった。

そんな父を見かねて勤めに出た母は、仕事を理由にあまり家に帰ってこなくなり、僕は父を刺激しないように、そっと息をひそめて生活するようになった。

「俺は犯罪者じゃねぇんだ！　部下を守る為に罪を被ってやったのに！」

酔った父はいつもそう繰り返す。

「おい、俺をそんな目で見るんじゃない！」

どちらかというと、父は悪事に対して容赦のない正義感を持っていた人だ。

だからこそ余計に苦しんだのかもしれない。

きっと自分では正しいことをしたつもりなのだろう。

しかし、世間からは悪のレッテルを貼られてしまった。

そのズレが我慢できないのだ。

もし、父が刑務所に服役していれば、話は違っていたのかもしれない。

そうすれば、罪を考える時間があり、償う期間があったはずだ。

父は自分が犯罪者であることを、きっと受け入れられただろう。

しかし、現実はそうでなく、父はその自覚なしに戻ってきた。

刑の執行を猶予されたことで、罪に問われなかったとさえ考えている。

それなのに、父にはしっかりと犯罪者の烙印が押されていた。

そして、その烙印は、徐々に父をそれに見合った姿へと変えていったのだ。

次第に父の暴力はこちらに向けられるようになり、僕はできるだけ帰宅を遅らせ、父が酔っぱらって寝てしまうのを夜の団地の公園で待つようになった。

ある日、泥酔した父が学校から帰宅した僕を見てこう言った。

「なぁ、おまえは、俺を信じてるか？　俺のこと、まだ信じてんのか？」

その時の僕は、ただただ、父が鬱陶しくて仕方なかった。

自分が犯罪者であることも受け入れられずに、昼間から酒を飲んで、働くこともせず、家族に暴力を振るう。一体、この男の何を信じられるというのだ。

「……信じてるわけないだろ」

僕はそう吐き捨てて、家を飛び出した。

そんな折、僕は彼女に出会ったのである。


「いい夜だね」

僕が公園のベンチに座って時間を潰していると、いつの間にか横に立っていた誰かが、そう声を掛けてきた。

僕は夜空を見上げる。

月は雲に翳り、こちらには弱々しい光しか届かない。

「僕には、すごく曇っているように見えるけど」

隣にいた誰かは遠慮もせずに、僕の隣に座った。

「明るいばかりがいいとは限らない。よく見えない方がいいことだってある。一見優雅に泳いでいる白鳥も、水の中ではバタ足だ。そんなのは見えなくていい」

その人物はスカートにパーカーで、フードを頭に被っていた。フードの横から長い髪が垂れ下がっている。やけに赤い唇と長い睫毛は、しっかりと化粧をしているからだと思われた。

けれど、歳は高校生の僕とそう変わらないように見える。

「こんないい夜には、誰かの相談にのりたくなるね。迷える子羊に道筋を照らしてあげたい気分だ。なにか悩み事はないかな？　なんでもいいよ。恋の悩みでも、人生の悩みでも、アレの悩みでも」

「アレの悩みってなんだよ」

突然何を言いだしたのかと、僕は困惑した。

「ただし、条件がある」

フードの彼女は僕の方には顔を向けず、まっすぐ前を見つめている。

「私の顔を正面から見ないこと」

彼女の視線の先では、街灯が薄汚れた公園の遊具を照らしていた。

「わかった。いいよ。正面から見ない。約束する」

誰にだってされたくないことはあるだろう。

僕は暇を持て余していたし、話し相手が欲しかったのも事実だ。

正面から見た彼女がどうだったとしても、僕には何の関係もない。

「オーケー。それさえ守ってくれれば、何でも相談していい。別にアレの悩みでも」

「だから、アレの悩みってなんだよ」

僕は自分の家族に起こったことを話した。

中学時代から今に至るまで。きっと誰かに話したかったのだろう。

そんなことを話せる相手はいなかったし、聞いてくれようとする人もいなかった。

一度話し始めると止まらなかった。

時々、涙が出そうになったけど僕は堪えた。見知らぬ誰かに自分語りをして泣いてしまうなんて、そんなのは僕のプライドが許さなかったのだ。

フードの彼女は相槌を打ちながらも、終始聞くことに徹していた。

彼女にこんな話をしたところで、何も解決しないだろう。

それでも僕は話さずにはいられなかった。

「罪に相応しい罰ってなんだろうね」

僕の話が落ち着くのを待って、フードの彼女は言う。

「全く同じ目に遭わせられたら、罪に相応しい罰になるのかな。古代バビロニアのハンムラビ法典にこんな一文がある。〝もしある市民が、他の市民の目を潰すならば、彼の目を潰さなければならない〟つまり、目には目を歯には歯を、ってこと」

目には目を歯には歯を、という言葉は聞いたことがあった。

それがハンムラビ法典由来だとは知らなかったけれど。

「ハンムラビ法典は、一般的に復讐法なんて呼ばれて、野蛮だと教わるけれど、私はそうは思わない。誰かの視力を奪ったものは、誰かに視力を奪われて、その痛みを知るべき。それでこそ、自分の犯した罪を自覚して、反省して、二度としないようになる。そう思わない？」

僕は「そう思う」と答えた。

「でも、それは現実的じゃない。誰かに財布を盗まれたとして、その誰かを罰する為に、同じ金額が入った財布を盗む。けれど、その誰かがそれだけのお金と財布を持っているとは限らない。むしろ、持ってないからこそ盗んだわけで。目には目を歯には歯を、というのは、それぞれが対等でなければ成立しない。そんな時には、代わりの罰が必要だ」

「代わりの罰って？」

「この国では、刑務所に入って、服役すること」

「本当にそれで、罪と罰が釣り合う？　目を潰された人がいて、目を潰した人が刑務所に入って、いつか出てくる。でも、目を潰された人の目はもう二度と戻らない」

「釣り合っていないように見えるね」

「絶対に、釣り合っていない」

あらためて考えてみれば、納得がいかなかった。ハンムラビ法典の方が正しいように思える。たとえ、現実的じゃなくても、それに近い罰を与えることは可能ではないか。

「そうだね。この国には死刑制度があるけれど、一人の人間を殺しても死刑に処されない人がいる。むしろ、死刑にされない人の方が多い。それはなぜか？」

フードの彼女は少し黙ってから続ける。

「私たちが他人を許せる生物だからだよ」

僕はその言葉の意味を考える。

「この国の法律は、天秤の片方に罪、もう片方に罰と〝許し〟をのせて釣り合わせるんだ。だから、罪と罰だけを比べても釣り合っていないように見える。〝許し〟とは何か。それは〝人を信じること〟だよ。罪を犯した人が、反省して、更生して、社会復帰をして、前よりも良い社会の一員となる。誰かの目を潰したその人の目を奪わずに、もっと人の役にたってもらう。それができると信じて許すんだ」

「そんなのは、ただの理想だ。反省も更生も社会復帰もせず、同じ罪を繰り返す人だっている。そんな人を信じたばかりに、より悪い結果になることだってある」

脳裏に父の姿が蘇る。

「でも、夢や理想のない未来に、希望はないんだよ。信じてくれる人がいれば、反省や更生や社会復帰ができる可能性がある。でも、誰も信じなければ、そんな可能性は皆無だ」

僕は何も言えなかった。

「人を信じたり、許したり、そういうことができるっていうのは、凄いことなんだ。それができることを私たちは誇っていい。君のお父さんは刑務所に入らなかった。そうすべきだったのかもしれない。けれど、そうはならなかった。誰かが信じたからだ。でも、お父さんはその誰かも、自分も信じられなかった。そして、周りには信じてくれない人ばかりだった。だから、お父さんは君に聞いたんだろう。俺のこと、まだ信じてるか？　って」

僕は父にどう言うべきだったのだろう。

そんな僕の顔を、フードの彼女はチラリと横目で見て微笑する。

「誰かが少しの明かりになれたら、迷い人は進むべき道を見つけられるものさ」

その日、父は母が用意した離婚届にサインをして出て行ったのだ。

そして、それから父が家に帰って来ることもなかった。

帰宅すると、父の姿はもうどこにもなかった。

父がいなくなってからも、僕は夜の公園に行った。

月が曇ってそれほど明るくない夜には、フードの彼女が現れた。

僕たちは色んなことを話した。

星座の話や、駅前のハンバーガーショップの話や、アレの悩みなんかを。

「私は将来、法律について学ぼうと思ってるんだ」

フードの彼女は相変わらずの横顔でそう言った。

「そして、いつか〝誰も死なないミステリー〟を書こうと思ってる。誰も殺されず、犯人も犯人でなくなって、みんな救われる優しいミステリーだよ」

「書けたら読ませて欲しい」

「いいよ。実はもう書いてるところだから」

フードの彼女と僕はそんな約束をする。

「ねぇ、そろそろ君の名前を聞いてもいいかな？　迷える子羊くん」

僕は名前を名乗った。

フードの彼女は、少し考えて自分も名乗る。

「君が〝佐藤〟なら、私は〝砂糖《シュガー》ではないもの《ノン》〟かな」

冗談を言って微笑んだ彼女を僕は正面から見てしまう。

別に大きな傷があるわけでもなく、普通だった。

「ごめん、つまらない冗談だった？」

そんなことはないと僕は首を横に振った。その日を最後に彼女は現れなくなった。僕が彼女に会えたのは、ほんの一週間ほどのことだ。

だから、彼女と僕との約束が果たされることはなかった。

＊

無意識の中にも、早く起きなければという焦燥があった。
深い泥の奥に沈んだ意識を無理矢理摑んで引っ張り上げるように、僕は覚醒する。
右手を固く握りしめて顔を上げ、身体を起こす。
重い身体はまるで自分のものではないように感じられた。
そこは宿泊施設のリビングルームだった。照明が点いていて室内は明るい。
二十畳はありそうな広い部屋、真ん中には掘りごたつ式テーブルがある。
片側の壁は全面が引き違い窓になっていて、外には暗闇が広がっていた。
どれくらい寝てしまっていたのだろう。腕時計を見ると、深夜十二時を過ぎていた。
あれから四、五時間ほど経っている。
ぐわんぐわんと脳が揺さぶられている感じがした。
辺りを見回すと、方々に鷗縁島に来たメンバーが倒れていた。
外で眠りに落ちた僕たちを誰かが部屋の中まで運んだらしい。
一番近くにいる二楷堂楓に近寄り、口の前に手を当てる。
呼吸はしていた。脈も確認してみるが、異常はない。
——良かった、生きている。
僕は少し安堵して、同じように倒れている全員の生存を確認した。

白石光瑠、葉鳥優海、朝浦千晶。

全員、無事に生きていた。

けれど、遠見志緒の姿はどこにもなかった。

僕より先に目覚めたのか、それとも——

嫌な予感がして、辺りを探す。

「志緒！」

声を掛けてみても返事はない。

隣の調理場を覗き、そこにもいないことを確認すると、声を掛けながら一階の部屋を全部見て回る。エントランスも見たが、どこにもいなかった。

リビングルームに戻ると、楓が身体を起こすところだった。

「……あれ、私……？」

頭痛がするようでこめかみを押さえている。

僕は楓に、どうやらみんな睡眠薬で眠らされたらしい、ということを伝えた。

「どうして？　誰が、そんなことを？」

それは僕にも分からない。

楓と二人がかりで、みんなを起こす。

みんな無事に目覚めたが、困惑しているようだ。

「あれ、志緒ちゃんは？」

優海がキョロキョロと辺りを見回す。

僕は志緒がこの辺りのどこにもいなかったことを告げた。

「だったら、早く探しに行かなきゃ」

「ちょっと待って」

光瑠が僕たちを呼び止める。

「テーブルの上に白い封筒があるぞ」

手に取って見ると封筒はどれも未開封で、五通重ねられていたことがわかった。

そして、一通だけ、なぜか、ぽつんと離れたところにある。

合わせて、六通の封筒がテーブルの上に置かれていたということだ。

封筒にはここにいるメンバーの名前が、それぞれ書かれている。

僕の名前が書かれた封筒もちゃんとあった。

離れたところにある一通の封筒を手に取ると、そこには遠見志緒の名前が書かれていた。

しかし、それは封がすでに破られていて、中身は空だった。

「それって、遠見さんがもう中身を確認したということかしら？」

楓の言葉に僕は分からないと首を振った。志緒は僕よりも先に目覚めて、封筒の中身を確認した後、一人で何処かに行ったということだろうか。

僕はみんなに、それぞれ対応した封筒を渡した。

すぐに封筒の中身を確認してみる。

折りたたまれた手紙が一枚入っていた。

誰が武東一歩を殺したか？
誰が彼の死を見たか？
それは僕だと佐藤は言う
新校舎の屋上で
彼が飛び降りたのを
僕が見ていた

——マザーグースの詩？

思わず口元に笑みが浮かんだ。

無人島でマザーグースの詩が現れる。お約束過ぎて、むしろ冗談に思えたのだ。

クローズド・サークル？ やれやれ、マザーグースのポエムでも置いとくか、みたいな。

字はボールペンによる手書きだが、筆跡はわざと崩されていた。

みんなの様子を窺うと、それぞれの手紙を見た誰もが一様に顔色を変えている。

「これは『誰がコマドリを殺したか』ね。何の冗談かしら？」

楓がそう呟いて、手紙を封筒に戻した。そして、彼女は自分のカーゴパンツの後ろポケットに封筒を差し込む。中身を見せる気はなさそうだ。

そんな楓の行動を見て、他のメンバーも同じように手紙を封筒に戻す。

誰も中身について語らず、手に持ったままである。

何か知られたくないことが、そこに書かれているのだろうか。

「あの、私のスマホがないんですけど、どこかにないですか？」

千晶が辺りをキョロキョロと見回している。

そういえば、ジーンズのポケットにいれていた僕の携帯電話もない。

「俺のスマホもなくなってる」

光瑠は屈んでテーブルの下を覗き込んだ。

優海と楓のスマホも無くなっているようだ。

「外に落としたのかも」

千晶がそう言って、一人で調理場の方へ向かったので、みんなそれについていった。

閉まっていた引き違い窓を開けて、ガーデンテーブルの辺りを探してみるが、何も落ちていない。おそらく、眠っている間に誰かに盗られたのだろう。

もちろん、僕たちから通信手段を奪う為に違いなかった。

僕の予定でも、みんなが夜、寝ている間に、そうするつもりだった。

部屋に電源がないので、フロントに充電機器を用意してもらい、利用してもらう。そして、夜中のうちに全て回収して、ナンバーロック式の金庫に放り込んでおくのだ。

「ねえ、早く、志緒ちゃんを探してあげようよ」

心配そうにしている優海に、楓が頷く。

「そうね。みんなで一緒になって探しましょう。バラバラに行動するのは危険だわ。私たちを眠らせた誰かに襲われるかもしれないから」

その言葉を今更に恐ろしく感じたのか、優海は自分の肩を抱いて周囲を窺った。

「でも……ここ、無人島だよ？　私たち以外の誰がいるって言うの？」

「分からないわ。分からないから全員で行動するの」

楓に従い、僕たちは全員連れ立って二階の部屋を一つずつ見て回ることにした。

しかし、全部の部屋を見て回っても、志緒はいなかった。

念のため、一階の部屋ももう一度確認する。

そのついでに僕には調べておきたい場所があった。

フロントに置いてあるナンバーロック式の金庫である。

案の定、それは使用されていて、ロックがかけられていた。

僕たちが眠らされる前は、誰も使っていなかったはずだ。

「電話もつながりませんね」

フロントにある受話器を耳に当てて千晶が言う。

「ねぇ、外も探しに行く?」

優海はどうしても志緒のことが気になる様子だ。

「こんな時間に土地勘のない場所で、外に探しに行くのはダメよ」

しかし、外に出ようとする優海の腕を楓が摑んだ。

「でも——」

「二楷堂先輩の言う通りです。焦って行動しても、二次遭難するだけですよ」

食い下がろうとする優海を千晶も止めた。

そんな会話を耳にしながら、僕はある探し物をしていた。

——ここにもあるな。

巧妙に隠された監視カメラである。さすがに二階の客室にはなかったが、共用スペースの各部屋に一つは存在するのを見つけていた。

「下にはスタッフルームがあるんだけど、鍵が掛かってる」

光瑠が地下の階段を上がってきた。

そんなに距離はないと考えたのか、一人で見てきたようだ。

「志緒ちゃんはそこに閉じ込められてるかもしれない」

階段を降りようとする優海の前に、光瑠が立ちふさがる。

「行っても無駄だって。窓もないし、ドアを叩いてみても反応がない。中がどうなってるのか全く分かんない」

ここまで調べて僕には分かったことがあった。

「大事な話があるので、リビングルームに集まってもらえませんか？」

「どうした、何か分かったのか？」

光瑠の言葉に僕は頷いて答える。

「とりあえず、向こうで説明します」

そう全員を連れ出して、リビングルームに向かう。

誰がこの状況を作り出したのか？

おそらく、この状況は——遠見志緒が作り出したものだ。

そう考えられる根拠が幾つかある。

まずは、飲み物について。

ここにはお茶しか用意されていなかった。

メンバーの半分以上はお酒を飲んでもいい年齢なのだから、アルコール飲料があってもいいだろう。それなのに、一切用意されていなかった。

それはなぜか。

もし、僕たちがアルコール飲料を飲んで、睡眠薬を盛られていたら危険だった。効果が強く出過ぎてしまって、副作用や意識障害を引き起こしたかもしれない。こんな無人島で医者が必要な状況が発生でもしたら致命的だ。

だから、アルコール飲料が用意されていなかったのである。麦茶ばかりが用意されていたのも、薬と飲み合わせのよいノンカフェインだったからだろう。

僕たちを眠らせた誰かは、無理矢理に睡眠薬を飲まされる僕たちの身体を気遣った。できる限り安全に配慮した上で眠らせる。そのため、睡眠薬が使われる前提で飲み物を用意したのだ。そんな判断ができるのは、それを知っている者だけだろう。

飲食物を用意したのは、遠見宗一郎であり、依頼したのは志緒である。

次に、あの封筒に入っていた手紙の内容だ。

そこに書かれていた、僕が飛び降りを目撃したという情報は、志緒しか知らない事実である。僕は他の誰にも言ったことはないし、志緒がここにいるメンバーにそれを伝えたとも考えにくい。そもそも、僕は四人の死線と関わりのない人間だ。四人を殺そうとしている犯人がいるとしても、ターゲットでない僕にまで手紙を用意する意味はない。

さらに、ナンバーロック式の金庫。

あの中には、みんなの携帯電話が入っていると思われる。

眠っている間に全員の携帯電話を抜き取って入れる。そうやって通信手段を奪うのは、元々、僕と志緒がクローズド・サークルを作りだす為に、予定していた行動だ。僕たちを眠らせた人物は、その通りに行動している。

最後に、監視カメラ。

四人が監視されなければいけない状況にあるのを知っているのは、僕と志緒と宗一郎くらいだ。仕掛ける理由は明白で、四人が誰かに殺されるのを阻止するためだろう。

でも、僕はこの無人島を安全地帯と考えていたので、監視カメラを設置する必要はないと考えていた。だから、設置したのだとすれば、二人のどちらかの考えだ。

普通に考えて、監視カメラが必要だと判断したのは志緒で、準備したのが宗一郎だろう。その映像越しに、死線の状況を把握できるのかどうかは定かではないが、おそらく、今の僕たちの行動や会話は、どこかで監視されているのだと思う。

これらのことから、僕たちを眠らせてこの状況を作りだしたのは志緒だと考えた。

もし、犯人が僕たちを眠らせたのであれば、四人がすでに殺されていてもおかしくはない。しかし、そうはならなかった。眠らせた者は誰にも危害を加えるつもりがなかったからだ。だからこそ、外に放置したままにせず、わざわざ全員をリビングルームに運び込んだ。風邪なんて引かないように。

つまり、志緒は生きていて、今は地下にあるスタッフルームかそれともどこか安全な場所で、通信手段を確保しながら、監視モニターを見てこちらの動向を窺っている。

それが僕の推理である。

そんなふうに考えられることができた僕は、少なからず安堵した。

あの手紙の内容も、ナンバーロック式の金庫に携帯電話を入れたことも、志緒が仕組んだことだと、僕に気付けと言わんばかりだ。

では、なぜ、彼女は僕に相談することなく行動を起こしたのか。

それは、僕に相談せずに行動を起こすことが、最善の手段だと考えたからだろう。

彼女は僕に頼りきりの、何もできない人間ではない。

地道に足を使ってコツコツと調べ上げる刑事みたいに、彼女は彼女なりの調査と判断で事件を解決しようとする。時々、事件解決に自分には思いつかない閃きを必要とするだけだ。シャーロック・ホームズに話を聞きに来るレストレード警部みたいに。

僕は今回、彼女が用意した舞台の登場人物として選ばれた。

目的は最初から何一つ変わらない。

秀桜高校文芸部四人の死線を消すこと。

志緒はその解決の筋道を自分で立てたのだろう。

それを実行するにあたって僕がここにいれば、死の運命を遅らせられる、もしくは、死線を消せると考えた。その手がかりとして、あの手紙を用意したのだ。

ならば、僕のすべきことは分かっている。

＊

リビングルームのテーブルに全員ついてもらう。

「おそらく、志緒は無事です」

僕は立ったままで、そう話を切り出した。

「どうして、そんなことがわかるんですか」

優海は不服そうに口をとがらせる。

「こんな無人島で、私たちは眠らされて、志緒ちゃんはいなくなったんですよ。無事なわけないじゃないですか」

彼女は他人思いなところがある。僕の気休めに思える発言が許せないのだろう。

「そう考えられる理由があります。なぜなら、志緒には――」

ここからの話の運び方には気をつけなくてはならない。

何を隠して、何を明らかにするか。

慎重に考えて話を進めなければ、誰も助けられなくなる。

「〝死の運命〟が見えるからです」

みんなの反応は想定した通りだった。

急に何を言いだしたのかと、怪訝そうな顔をしている。

だが、今は別にそれで構わない。

「志緒には、誰がいつ死ぬかが分かるということです。だから、みなさんをここに連れてきました」

「ちょっと待って、意味が分からない、どういうことか、もっとわかりやすく説明して」

楓が険しい視線を僕に向けた。

いくら突飛な話でも、自分に関わるとなれば、話は別だ。

どういうことなのか聞きたくなる。

「志緒は大学であなたたち四人が、近いうちに殺されるのが分かった。だから、無人島に連れてきたんです。安全なところに避難させて、犯人から遠ざけるために。犯人がいなければ、少なくとも、誰も殺されないはずだから」

志緒が四人に見たのは死の運命であり、殺される運命ではない。

でも、ここからは嘘と真実を織り交ぜて話をする。ここには被害者しかいないはずだが、このままでは「明日には」全員が殺されてしまう。

つまり、四人には殺される理由が存在するということ。

それが前提だと分かってもらうためだった。

「いきなり、理解不能なんだけど。俺らがどうして殺されるんだよ」

光瑠はうんざりした様子で呟いた。

「理由は分かりません。殺されるというのが分かるだけです。でも、志緒の見える死の運命は、絶対的な死ではなく、回避可能な死です。だから僕たちは、みなさんをここに避難させている間に、誰に、なぜ、殺されるのかを調べるつもりでした。あなたたちに訪れる死の要因を取り除くためにです。そうすれば、誰も死ななくてすみます。本来であれば、みなさんは死の運命を回避して、何事もなく、何も知らないまま、無事に明日帰れたんです。でも――」

僕は持っていた封筒をテーブルの上に置いた。

「僕たちを眠らせて、こんなものを置いた犯人がいます。おそらくそれは、あなたたちを殺そうとしている犯人です。最初に目覚めた志緒は、この封筒の中身を見て、自分も殺されることが分かった。だから、身を隠したんです。この中にいる犯人から逃れるために」

封筒を置いたのはおそらく志緒だが、犯人がそうしたことにする。

彼女は、この中に犯人がいると思わせたいのだと思う。

だから、全員を眠らせて、手紙を用意した。

お互いを疑う状況を作り出すために。

「……佐藤ってそんなによく喋れたんだな。無口な奴かと思って、話しかけるのを遠慮してたのに」

光瑠はやれやれといったように、肩を竦ませた。

「いや、でも、なんだよ、死の運命って。何かのいたずらか、冗談ならやめてくれ。全然笑えない」

「いたずらや冗談なら、もっとマシなのを用意します。殺すとか殺されるとか、そういう笑えないのではなくて」

「でも、私たちが殺されるなんて信じられないわ。死の運命が分かるなんて話も、信じる方がおかしい」

楓は頑として強硬な態度を崩さない。

僕は封筒から手紙を取り出す。

「論点はそこじゃないんです。志緒に死の運命が分かるかどうか、ではなくて、みなさんは殺される理由に心当たりがあるかどうか、なんです。例えば、この武東一歩《ぶとういっぽ》という人。この人に関して、何か隠し事をしていませんか？　殺される理由になりそうなこと、秘密にしていること。本当に何も心当たりはありませんか？」

武東の名前を出した途端、場に緊張が走ったのが分かった。

みんな自分以外の手紙の内容を知らないのだ。

僕の手紙には武東一歩のことが書かれている。

それを知って動揺したらしい。

僕は気にせずに、中身を読み上げる。

誰が武東一歩を殺したか？

「ムトウイチホ」

ずっと黙っていた千晶が顔を上げて割り込んだ。

「ブトウイッポじゃなくて、ムトウイチホです。私のクラスメイトだったので」

それが大事なことであるかのように言うので、僕は言い直す。

誰が武東一歩《むとういちほ》を殺したか？

誰が彼の死を見たか？

それは僕だと佐藤は言う

新校舎の屋上で

彼が飛び降りたのを

僕が見ていた

「書かれていることは、まぎれもなく事実です。僕は秀桜高校出身で、彼が飛び降りるのを目撃した。でも、誰にもそのことを言いませんでした」

「なぜ、言わなかったんですか？」

優海が問い詰めるように聞いてきた。

「あの頃、僕は新校舎の屋上に忍び込んで隠れ家にしていたからです。飛び降りたのを見たって言うと、どこにいたのかを聞かれて、二度と使えなくなると思って。だから、ずっと隠してました」

楓は疑わし気に眉をひそめる。

「ただ飛び降りただけじゃ、殺したなんて表現はおかしいわ。一体、あなたは何を見たの？　まさか、突き落とされる瞬間でも見てしまったってこと？」

「いえ、落ちる瞬間は見ていません。落ちたことにすぐ気づいただけです。でも、その時、旧校舎の屋上には誰もいませんでした。だから、誰かに突き落とされたわけではないと思います。事件性がないと思ったから、誰にも言わなかったんです。でも、きっと犯人は、武東一歩を殺した人が存在すると考えていて、目撃者の僕が黙っていたから、僕も共犯で、同罪だと言ってるんだと思います」

志緒がこの文面にしたのは、そういうふうに見せかけたいからだと推察した。

おそらく、手紙の内容はどれも、それぞれの武東一歩に関する隠し事が書かれているのだろう。彼女は、僕をこの場に潜り込ませるために、もっともらしい理由を僕に与えて寄越したのだ。

僕がここに居て、志緒がここに居ないのは、志緒にはそんなもっともらしい理由がつけられなかったから、というのもあるかもしれない。彼女は部外者であり、目撃者である僕とは違って、どうやっても関係者にはなれないからだ。

「おそらく、犯人はこの手紙にあるように〝誰が武東一歩を殺したのか〟を知りたいんです。でも、今は他にまだ疑わしき四人がいる。もしくは、全員に武東一歩の死の責任があると考えている。だから、全員を殺そうとしている。犯人は、僕たちに、誰が武東一歩を殺したかを聞いています。つまり、真犯人を捜せと言っているんです」

志緒は四人の身辺調査をするうちに、それぞれに恨まれるのに充分な隠し事があることに気付いたのだろう。周りで囁かれていた黒い噂程度のことかもしれない。だが、そこに死の要因——殺される理由があると考えた。

傘を持って飛び降りた生徒の事件には謎が多い。

それを明らかにすることで、死の要因を見つけ出そうというのだ。

普通に聞き出すよりも、この状況の方が話を引き出せる。

彼女らしい、工夫された正攻法だ。

「俺、気付いたんだけどさ——」

光瑠が苛立たしげにテーブルを指で何度も叩く。

「佐藤って、あの〝税金泥棒〟の佐藤だろ？　思い出したよ。たしか停学食らってたよな？　だからさ、もし仮にだ。この中に犯人がいるとしたら、おまえだと思う。俺にはおまえがその犯人にしか思えない。四人全員が殺される前に、一歩を殺した真犯人を見つけ出せ。そしたら、そいつ以外は助けてやるって、俺らに言っているように聞こえる。なんで、今更過去のことを蒸し返して、犯人探しをしたいのか知らねえけど。もともとは、ここに連れてきたのもおまえたちだよな？　全部、おまえが仕組んでるって考えるのが、普通じゃね？」

　確かに光瑠の言い分はもっともだ。僕の言い方が悪かった。

「……すみません。それが犯人の言い分ではないかと、僕が勝手に考えているだけです。ただ、僕が言いたかったのは、もし、そうなら、全員助かる方法があるってことです。それを提示したところで、僕への疑いが晴れるわけじゃないですけど、あなたたちを死なせたくないと思っていることの証明は、僕の行動で判断してもらうしかありません」

　犯人の目的が武東一歩が殺されたことによる復讐なのだとしたら、すべきことは明白だ。
復讐する理由が存在しないことを証明する。

　そうすれば、みんな助かる。

「みなさんが持っているその封筒。その手紙の中身を見せて、全員が、自分の容疑を晴らせばいいんです。もしくは、もう一つ。武東一歩が殺されたのではないことを証明すればいい」

四人は顔を見合わせ、すぐに気まずそうに逸らした。

「そもそも、一歩が殺されたなんて証拠があんのかよ」とそっぽを向く光瑠。

「武東くんは事故死じゃなかったの……？」と考え込む優海。

「……そんなことに意味はあるんでしょうか」と暗い顔の千晶。

「なんだか面白いことになってきたわね」と微笑を浮かべる楓。

僕は、誰かが武東一歩を殺したのではなく、誰も武東一歩を殺さなかった、という真実を導き出したい。

今回の死線消しにおける最終的な目的がそれだ。

ただし、この方法には弱点があった。

本当に武東一歩を殺した者がこの中に存在した場合だ。その場合、その人物を助けるのは困難である。その時はさらに、新たな手を考えなくてはならないだろう。

「……俺は、一歩は自殺したんだと思ってるんだけどな」

光瑠は僕を責めたところで状況は進展しないと考え直したのか、渋々といった様子で口を開いた。

「あいつ、虐められていたみたいだし。なぁ、朝浦もそれは知っていたんだよな？」

そう話を振られた千晶は、思いつめた表情でじっと俯いていたが、やがて意を決したように、封筒から手紙を取り出して読み上げた。

誰が武東一歩を殺したか？
誰が彼を追い詰めたか？
それは私だと朝浦千晶が言う
教室で彼が虐められるのを
私は黙って見ていた

「そうです。武東くんは虐められてました」

そして、テーブルの上に手紙をみんなに見えるように広げてみせる。

「私はそれを見てみぬ振りしていました」

「ちょっと待って、みんな、冷静になって。一度、落ち着きましょう」

そこで楓がストップをかけた。

「佐藤くんもテーブルについて。気持ちの整理ができないまま、流されるの良くないと思う。何か温かいものでも飲みましょう。紅茶とかコーヒーとかあったかしら？」

立ち上がって場を仕切り始める。

そして、赤いフォックス眼鏡を押し上げると、楓は微笑む。

「そうね。優海と千晶も手伝ってくれる？　私が飲み物に、毒物をいれないように」

＊

僕の前にコーヒーの入ったマグカップが置かれた。

それは普通のコーヒーではなく、たんぽぽの根から作られたコーヒーらしい。普通のコーヒーと違うのはカフェインが含まれないということ。もちろん、ここに用意されていたものだ。ここではカフェインの入っている飲料は徹底的に排除されていた。

「大丈夫、私が犯人なら、こんな野暮なタイミングで殺したりしないから」

そう楓に促され、みんなは恐る恐るマグカップに口をつけた。毒物などいれられるはずがないとは思いながらも、一度は睡眠薬を飲まされた経験から疑心暗鬼に陥っている。まるで、ロシアンルーレットをさせられているような、そんな雰囲気だった。

しかし、とくに何事も起こらない。

誰もがほっと一息ついた。

たんぽぽコーヒーの温かさが身体の芯に落ちていくようだった。

初めて飲んだがその味は香ばしくて、コーヒーというより麦茶に近い気がした。

文芸部の四人を殺害しようと企んでいる今回の犯人が、武東一歩を殺した真犯人を捜したいと考えているかどうかは定かでない。

僕と志緒はそう考えて、行動を起こしただけに過ぎず、確たる根拠は無い。

強いて言えば、今までたくさんの死線を消してきた、その経験からの勘に基づくものだ。

きっと、今回の死線の原因に、傘を持って飛び降りた生徒の事件が関わっている。少な
くとも、その謎を明らかにしておかなくては前に進めないだろうという判断である。

それが吉とでるか凶とでるかは、このままやってみるしかない。

腕時計を見ると、時刻は午前二時を過ぎていた。

「それで確認なんだけど、みんなは武東くんの死の真相を突き止める、ということでいい
のね？　もし、殺されたのなら、その真犯人を捜す。それでいい？」

楓は話の主導権を握りたいリーダータイプである。

一旦休憩を挟んで、僕からそれを取り返そうと思ったようだ。

言いたいことは言えたし、ここで僕のターンを終了しても流れは変わらないだろう。

そもそも、彼女と主導権争いをしたところで、僕に勝ち目はないのだ。

「……俺は一歩が自殺したって思ってるから。それを証明するっていうなら、それでいい
よ。そんなことで、仕組んだやつが、納得するならな」

光瑠から敵意剝き出しの視線を向けられる。

すっかり嫌われてしまったが仕方ないだろう。

僕が仕組んだという認識はあながち間違いではない。

「私は武東くんが殺されたとも、自殺したとも思ってません」

優海は真剣な表情で楓を見る。

「でも、誰かが殺したっていうなら、それは、ちゃんと罪を償うべきだと思います。そんな疑いをかけられて、私たちが本当に殺されるんだったら、ちゃんとそうじゃないってことをここで明らかにしたらいいと思います」

志緒に〝フワフワ恋愛乙女〟と評された彼女のフワフワはどこにいってしまったのか。腹をくくった彼女の意志は固そうだ。

「私も武東くんのことはずっと気になっていました……」

先ほどいじめを見てみぬ振りしたと告白した千晶は、ばつの悪そうな顔をしている。

「だから、先輩たちがそうするっていうなら、私も協力します」

「わかったわ。このまま続けるということで。私ももちろん賛成よ。武東くんの死の真相をつきとめましょう。無人島で犯人捜しをするなんて機会、そうそうないと思うの。私たちが殺されるなんて到底信じられないけれど、余興としては面白いと思う」

余裕綽々《よゆうしゃくしゃく》の態度で楓は一同を見回す。

なぜ楓は、それほど余裕を保っていられるのだろう。まるでこの状況を楽しんでいるかのようだ。それとも、そう見せたいだけなのだろうか。

「少しややこしいから整理しておくけれど、ひとまず、私たちを殺そうとしている人を〝犯人〟、武東くんを殺した人を〝真犯人〟とするわね？　それでいい？　佐藤くん」

それで構わないと僕は頷いた。

「じゃあ、千晶、どうして、武東くんが虐められていたか、教えてくれる？」

「……はい。分かりました」

千晶はみんなからの視線に体を縮こまらせながら、訥々と話し始めた。

「最初は武東くんが虐められてたわけじゃなくて。クラスのある女子が虐められてたんです。武東くんはそれが嫌だったみたいで、ある日、その子を助けたんです。その女子は、女子トイレの奥の個室でホースを使って水をかけられてたんですけど、武東くんそんなの全然気にしないで、中まで入ってきてやめさせたんです。そしたら、次の日からいじめのターゲットが武東くんに変わりました。クラスで女王様みたいだった、天沢《あまざわ》っていう、主犯格に目をつけられて」

驚いた様子で優海が口を挟む。

「私、その子、知ってる。綺麗でプライドの高そうな子。私たちの次の代の生徒会長もやってたよね？」

「はい。天沢さん、武東くんのことが好きだったみたいで。でも、噂では、前に天沢さんが武東くんに告白して、振られたって聞きました。たぶん、そのこともあって、武東くんが虐められていた子を庇ったことが、余計に腹が立ったんだと思います。武東くんは『人の心の痛みがわからないやつは、本当に醜い顔をしてる』って、かなりきつい言い方で天沢さんを責めたので」

それは勇気のいることだっただろう。

武東一歩という人物は正義感の強い人間だったようだ。

僕は彼について何も知らない。

少なくとも、僕がクラスで嫌がらせを受けていた時、それを止めようとした者なんて誰もいなかった。武東がそうなってしまったように、自分が次のターゲットにされる恐れがあったからだ。千晶が見てみぬ振りをしてしまったのも仕方のない話で、それを強く責めることはできないと思う。誰だって、自分の身が一番大事だ。

「私、武東くんがいじめに遭ってるの知ってて、でも、何もしませんでした。同じ目に遭いたくなくて。だから、この手紙に書かれてあることは、事実です」

「でも、だからといって、殺されるほどの理由にはならないわ」

楓が当然とばかりに主張する。

「もちろん、千晶が直接いじめに加わったわけではないのよね？」

「そんなことは……していません。でも、見てみぬ振りをすることがいじめに加担することだと言われてしまったら、その通りです」

「この手紙には〝彼が虐められるのを私は黙って見ていた〟と書かれてあるわ。千晶が虐めたとは書かれていない。だから、千晶の言っていることは信じていいと思う。仮に、武東くんがいじめに遭っていて、それを苦悩して自殺したとしましょう。そうなのだとしたら、復讐されるべきは、主犯格だったアマザワっていう人じゃない？　どうして、千晶が殺されなければならないのかしら。見てみぬ振りをした人はたくさんいたはずよ」

楓の言葉に異論を唱える者はいなかった。

千晶が嘘をついていないのであれば、彼女は武東のいじめを見てみぬふりをしたその他大勢の一人でしかない。千晶が断罪されるというのであれば、そのようなその他大勢も断罪されるべきだろう。そもそも、いじめの主犯格だったというアマザワなる人物が存在するなら、その人物が断罪されないのはおかしい。

楓の言っていることは、もっともだと思う。

僕たちが今すべきことは、それぞれにかけられた容疑を、一つずつ晴らすことだ。

それで死線が消えたなら死の要因はそこにあったということに他ならない。志緒がいないので確認はできないが、誰が主導になろうが、全ての死線が消えればいいのだ。

僕の言いたかったことを楓は理解し、実行している。

何も問題はない。

そう、何も問題はないのだが――

何かが引っかかる。

「つまり、一歩は、いじめを苦にして自殺した。そういうことでいいんだな？」

それで話は終わりだとでも言うように光瑠は念を押す。

「そう簡単な話ではないです」

僕は口を挟んだ。

「あ？」

光瑠に威圧され、僕は思わず「すみません」と口にしていた。

けれど、そんなに簡単にまとめられてしまっては困るのだ。

「武東一歩の死に関しては、不可解な謎がまだたくさんあります」

僕は指折り数えてみせる。

「なぜ、飛び降りたのか。なぜ、屋上に上がったのか。なぜ、中庭に飛び降りたのか。なぜ、傘を持って飛び降りたのか。この辺りがちゃんと説明できないと、犯人も納得できないと思います」

「おまえがその犯人だろうが！」

「違います」

光瑠は不愉快そうに鼻息を漏らすも、言葉を続ける。

「つまりは、こういうことじゃないのか。飛び降りたのはいじめを苦にしたから。屋上に上がったのは自殺するため。中庭に飛び降りたのは、思い入れのある場所だったから。傘を持って飛び降りたのは……印象的な自殺になるからだろ。いじめたやつの記憶に残りたかったんだ」

「すっきりしません」

「ああっ？」

今度は謝らずに僕はマグカップに口をつけた。たんぽぽコーヒーは、すっかりぬるくなってしまっている。

「佐藤くんの言う通りよ。自殺するにしても、どうして火事の時を選んで自殺したのか分からないわ」

楓が僕のフォローをしてくれる。

「あの日、私は旧校舎の二階の階段の踊り場で、武東くんと会ったの。ちょうど登校してきたところで、私は部室に向かっていて、上の階から武東くんが転げ落ちてきた。大丈夫？　って聞いたら、しばらく唸ってたけど『大丈夫』って。見る限り、骨が折れたり、怪我したりはしてなさそうだった。それで、私は『準備室が火事だ』ってことを知らされて。私が職員室に行って先生に知らせに行くと言ったら、武東くんは『様子を見に四階に戻る』と言ったの。とても、自殺しそうには見えなかった」

そこで、ふと思い出したかのように楓は千晶を見た。

「そういえば、千晶とはその後、新校舎の玄関口で会ったのよね？」

千晶はそれに頷いて答える。

「はい。登校してきた私は玄関口で二階堂先輩と会って、一緒に職員室に行きました」

「でも、職員室には、来てるはずの黒崎先生がいなくて、他の先生もいなかったから、千晶には職員室で先生が帰って来るのを待ってもらって、私は体育館に向かうことにしたの。運動部が活動してる声が聞こえてたから、そこに他の先生がいるかもしれないと思って。体育館に行った私は、そこにいたバレー部顧問の先生と一緒に、火事の様子を確認しに中庭へと向かったのよ」

武東一歩が飛び降りて、僕がその現場に駆け付けた時、体育館の方からジャージ姿の教師と数名の生徒が来ていた。そこに楓もいたのだろう。

「そして、中庭で倒れている武東くんを発見した。様子を見に四階に戻った武東くんが、なぜか、中庭で倒れてたの」

火事に気付いた武東は旧校舎の二階の階段踊り場で楓に会った。その後、楓が職員室、そして体育館へと移動している間に、屋上に上がって飛び降りたようだ。

「武東くんは、どうして屋上に上がったんでしょうか」

千晶は困ったような顔で呟く。

「それは、私のせいだと思う」

優海がそう言って、自分の持っていた封筒から手紙を取り出して読み上げる。

誰が武東一歩を殺したか？
誰が彼を惑わしたか？
それは私だと葉鳥優海が言う
旧校舎の三階で
彼に嘘を吐き
私が死地に追いやった

「武東くんと最後に会話をしたのは、私なの」

＊

「今でも私が余計なことを言わなければ、武東くんは死ななかったって思ってて……」

みるみるうちに、優海の瞳から涙がポロポロと溢れ出して零れる。

いきなり泣き始めるとは思っていなかったので、僕は動揺した。

「ちょっと優海、泣いててもわからないから、その余計なことって何なのかちゃんと説明しなさい」

さすがの楓も戸惑っている。

「……はい。すびません」

優海はズッと鼻をすする。

「私、あの時、武東くんに、ネコはもういないよって言ったんです」

——猫？

優海の話は脈絡がなさすぎてよく分からない。

涙を手で拭い、鼻をすすり上げている優海に、僕はハンカチを差し出す。

「そのネコっていうのは、動物のですか？」

彼女は「ありがとう」とそれを受け取り、それでチーンと鼻をかんだ。

渡したハンカチで鼻をかまれるとは思っていなかったので、僕はまたひどく動揺した。

「黒崎先生が旧校舎の屋上で、野良猫をこっそり飼ってたんです。屋上には小屋みたいなのがあって、その中で」

黒崎先生というのは文芸部の顧問だった男性教師だ。文芸部の準備室で隠れて煙草を吸っていた黒崎は、その不始末で火事を起こして解雇された。

「ネコは、怪我をして迷い込んできた子猫で、黒崎先生が中庭で見つけたらしくて。怪我はたいしたことなかったんですけど、ガリガリに痩せてて。でも、家では飼えないから、もうちょっと元気になるまでって、面倒をみてたんです。名前をつけると愛着がわいちゃうから〝ネコ〟って呼んでました。私と武東くんはたまたまそれを知って、よく様子を見に屋上に上がってたんです。餌をやったり掃除をしたりもしてました」

優海は鼻をかんだハンカチをテーブルの上に置く。

僕はそのハンカチがそのまま返されるのではないかと思ってヒヤヒヤした。

「私、武東くんとネコの距離感が好きだったんです。武東くんってネコを見たり触ったりしなくて。世話してても、全然、興味ないみたいな顔で。でも、お昼にはサンドイッチもって、ネコのいる屋上で食べるんです。ネコはネコで武東くんには近づかなくて。いつも武東くんとネコには一定の距離があって。なんだか、互いに意識してるのに、声もかけられない二人みたいな感じで。それでいて武東くん、私には『最近、アイツ太りすぎじゃない?』なんて、すごく優しい顔で言ってくるんです。だから私は、早く素直になってお互いに好きだって言っちゃいなよって、ぐしぐし触りながらネコに言ったりして……」

話をすることで優海は、少し落ち着いたようだ。

「あの日、あの火事の時、登校してきた私は、四階の階段を上がりきったところで、部室から飛び出してきた武東くんに出くわしたんです。武東くんは『準備室が火事だから、職員室に知らせに行ってくる』って私に言いました。それから『屋上にいるネコが心配だから、様子を見てきて』と私に頼みました。それで、私、言われた通りに屋上に上がったんです」

「武東くんはその後、二階の踊り場で私に会ったということね」

楓の確認に優海は頷く。

「そうだと思います。屋上の鍵はドアの前に置いてあったダンボール箱の中に隠してあって、いつでも屋上に行けるようになってました。でも、屋上のどこを探しても、ネコがいなくて。その時には、中庭の方で下の階から、煙が上がってるのが見えました。それで、本当に火事なんだって思いました。結局、どこにもネコはいなかったので、ドアには鍵を掛けずに、階段を降りていったんです。三階に吹奏楽部の女子たちが何人かいて、様子を見に来ようとしたんで、私は『火事だから近づかないで』と言いました。そこへ、武東くんが下から、上がってきたんです」

優海はワンピースのポケットから自分のハンカチを取り出して涙を拭う。

彼女は涙を拭ったハンカチを大切そうにポケットにしまった。そのハンカチでは鼻はかまなかった。

「それで、私、武東くんに『ネコはもういなかったよ』って言ったんです。そしたら、武東くんが『確かめてくる』って、階段を上がり始めたんです。私もついていこうとしたら『すぐに戻るから先に避難してて』と言われて。私、止めようかどうか迷ったんですけど、別に階段のところは燃えてなかったし、大丈夫かなって思ったんです。それで、吹奏楽部の子たちが避難するなら校庭だって言うから、一緒に校庭に避難しました」

武東が屋上に上がったのは、野良猫の無事を確認する為だったようだ。

「でも、いつまで経っても武東くんが旧校舎から出てこなくて……。だから、武東くんはネコを探しに屋上に行っただけで、自殺とか、絶対に、そんなの考えてなかったと思います。ネコを助けに行って戻れなくなってしまって、しょうがなく中庭に飛び降りたんです。傘を持って飛び降りたら、多少は、フワフワってなると考えたんだと思います」

また感極まってしまったのか、優海の目に涙が浮かんだ。

武東がなぜ屋上に上がったのかという謎は解けたが、傘を持って飛び降りた理由は「多少はフワフワってなる」と考えたからではないと思う。

どうしてそういう発想になるのか不思議だ。

「猫がいなかったというのは嘘だったの？」

楓が聞くと、優海は頭をブンブンと横に振った。

「嘘じゃありません。小屋の中っていっても、ペットフードとかお皿とかくらいしか置いてなくて、覗けばいるかいないかなんてすぐわかるんです。屋上も隠れるところないし、小屋の裏にも回ったけど、どこにもいなかったんです。こんな手紙に書かれているようなことは違います。私、嘘なんて吐いてなんかいません」

「でも、武東くんを屋上に行かせてしまった」

「……それは、まあ、はい」

楓はわかった、というふうに頷く。

「優海が武東くんの行動を止められなかったのは仕方ないと思う。どれだけの火事なのかも知らなかったわけだし、猫の様子を見てきてくれと頼まれたのなら、いなかったことを報告するのは当たり前だわ。それに、武東くんを止めたって、あの人、頑固だから言うことを聞かなかったと思う」

「うぅ、楓先輩……」

確かに、楓の言う通りだ。あくまで嘘をついていなければ、という前提の上だが、千晶も優海も武東の死に直接は関わっていないように思える。

例えば、こんな感じなら、直接的に死に関与したといえるだろうか。

――千晶はいじめの主犯格で、それを苦に武東は自殺した。

――優海は嘘を吐いて武東を火事の現場に追い詰めて殺した。

その容疑を晴らすにしても、この二人の証言だけではまだ足りないだろう。

だが、徐々にいろんなことが明らかになってきている。この調子でいけば、もしかしたら、本当に武東一歩の死の真相にたどりつけるかもしれない。

「なぁ、ここまでの話をまとめるとさ――」

髪に指を突っ込んで頭を掻きながら、光瑠が話し始める。

「佐藤の証言から、一歩は誰にも突き落とされていないこと。朝浦の証言から、一歩がいじめられていたこと。それから、優海ちゃんの証言では、ネコの様子を見に屋上に上がったってことがわかった。でも、それらのどれからも、一歩が殺されたって事実は出てきてない。ということは、屋上から飛び降りたのは、少なくとも、一歩の意志だったって言えるんじゃないか？　それがいじめを苦にしての自殺だったのか、逃げようとしたのか、そんなことは、誰にも分からない。でも、自分の意志で飛び降りたのなら、俺たちがそこまで責任を感じることはないんじゃないか？」

文芸部の四人が感じる責任とは何か。

そして、光瑠の感じている責任とはなんなのだろう。

「一歩は自分の意志で飛び降りた。それが分かったんだ。だから、もういいだろう」

光瑠は苦しそうな表情で頭を抱えた。

「俺たちが殺される理由なんて、ないんだって」

どうして、光瑠は手紙の内容を明らかにしないだろうか。

彼の言う責任がそこには書かれているはずだ。

まるで、誰にも責任はないのだから、これ以上話しても無駄だと言わんばかりだ。

光瑠が無理にでも話を終わらせようとしているように感じられて、何かやましいことを隠そうとしているのではないか、と余計に勘ぐってしまう。

きっと、光瑠は自分の手紙の内容を明らかにしたくないのだ。

志緒が最初から手紙の内容を全員に提示せず、封筒にいれて各自だけが見られるようにしたのは、おそらく、お互いの隠し事が露見していない状態で自由に話をさせたかったからだろう。なぜなら、同時に全て提示すると、その手紙の内容が持つ衝撃度の度合いによって、一番驚く事実だけが注目されてしまうからである。できることなら、それぞれの手紙に書かれた疑惑を一つずつ、公平に処理させたかったのだと思う。

光瑠は手紙の内容を見せずに、この話を終えられると考えているのかもしれないが、そうはいかない。武東一歩の死の真相をつきとめると決めた以上、全てを明らかにしないと、真犯人は勿論、誰も納得しないからだ。今の四人にできることは、手紙の内容を見せた上で、自分の身の潔白を証言することだけなのである。

「光瑠先輩は、手紙読まないんですか？」

泣いて少し目を赤くした優海が言う。

「今、順番に読む流れじゃないですか、次は、光瑠先輩が読む番ですよ」

読む順番は決まっていないが、誰かが次に手紙を読む空気であるのは確かだ。

「……俺の手紙を読んだところで、一歩が殺されたなんて事実は出てこないよ。余計な疑いをかけられたくないから、俺は——」

「私、たぶん、光瑠先輩の手紙の中身、どんなことが書かれているのかわかります」

言葉を遮って、優海は光瑠をきつく見据える。

「煙草の匂いって、吸ってない人にはすぐわかるんですよ」

——煙草？

「光瑠先輩、文芸部の準備室で時々、煙草吸ってましたよね？」

その言葉に光瑠は明らかに怯んだ。

「いや、それは……」

まさか優海に矛先を向けられるとは思ってもみなかったのだろう。

それ以上何も言えずにいる光瑠に、優海は追い打ちをかける。

「黒崎先生って煙草を吸う時は旧校舎の屋上で吸ってたんです。外で吸わないと周りに迷惑だからって。黒崎先生が自分の煙草の不始末が火事の原因だって認めたから、私もそうなのかなって思ってたんですけど、本当はそうじゃないですよね？　その手紙には、そのことが書かれているんじゃないですか？　どうして自分の手紙も見せずに、誰にも責任がないなんて、言えるんですか？」

優海は先ほどの光瑠の発言が気に障っていたようで、語気も荒く、明らかに平静さを欠いていた。

「どうなの、光瑠。本当に煙草を準備室で吸ってたの？」

黙ったままの光瑠に、楓が問いかける。

「もし、そうなのだとしても、今は弁明の機会が与えられているわ。それに手紙を読まないってことは、その内容を認めることになる。その手紙を書いた人物には、それが事実であると告白しているようなものよ。言いたいことがあるなら、今ここで言うべきだわ」

それでもしばらく押し黙っていた光瑠だったが、やがて観念した様子で、封筒から手紙を取り出して読み上げた。

誰が武東一歩を殺したか?
誰が彼に火をつけたか?
それは俺だと白石光瑠は言う
文芸部の準備室で
煙草に火をつけ
俺が放火した

＊

「確かに、俺は準備室で煙草を吸ってた」

堪えていた思いを吐き出すかのように、光瑠は大きく溜息を吐いた。そして、髪の毛をくしゃくしゃとかきむしる。その柴犬の尻尾のような毛先が跳ねた。

「……最初は準備室で灰皿と煙草を見つけた時に、ここなら俺が吸ったってバレないかなって思ったんだ。吸殻はたくさんあったし、この中に一本くらい俺の吸殻が紛れ込んでもわからないだろうって。あそこは資料置き場みたいになってて誰も使わないし、部室の鍵には準備室の鍵もくっついてたから」

光瑠はゆっくりと話し続ける。

「煙草だって準備室に黒崎が置いてたんだ。たぶん、置いたまま存在を忘れてたんだと思う。そこになかったら俺だって、吸おうかなって思わなかった。初めて煙草吸ったのもその時だったし。あの頃、俺ちょっと親と喧嘩してイライラしてて、何かに八つ当たりしたかったんだよ。そんなに俺が悪いなら、悪いことしてやる、みたいな。分かるだろ？　そういうの。だから、窓をちょっと開けて、試しに吸ってみたら、スカッとして、気持ち良かったんだ」

僕は煙草を吸った経験がないが、光瑠の気持ちは分かる気がした。

犯罪者の息子という目で見られて、そう扱われるなら、いっそ本当に犯罪者のようなことをしてやろうか、自暴自棄になってそんなふうに思ったことがある。新校舎の屋上という逃げ場がなかったら、いつかは限界がきて、そうしたかもしれない。

光瑠は、隠れて煙草を吸うことで、そんな憤懣を解消していたのだろう。

「でも、そんなに数は吸ってない。置いてあった一箱から取って吸ってたし、自分で買い足したりはしてないから。早く部室にこれて、誰もまだ来なさそうだったら、ちょっと吸う、みたいな。本当に、時々だった。でも、自分では大丈夫だと思ってたけど、煙草の匂いが俺からしてたんだろうな。火事の前くらいには、黒崎がどうも俺が煙草を吸ってるんじゃないかって疑ってるみたいだった」

優海によれば、黒崎は旧校舎の屋上で煙草を吸っていたという。準備室はもちろん、屋上であっても、学校の敷地内は禁煙なのだから、問題行為だったことは間違いない。

「あの火事の時、俺、そろそろバレそうだなって、ちょっとビクビクしながら吸ってたんだ。でも、あの日は日曜日で、人も全然いなかったし、平気だろうって。そしたら、思いのほか早くに一歩が部室に来ちまって、慌てて火を消して廊下側のドアから、そっと出た。煙草の匂いを消す為にちょっと時間置いてから部室に戻ろうと思って。ジュース飲んだり、しばらく適当に時間潰して、部室に向かおうとしたら、一歩が部室から慌てた様子で出てきたんだ。俺はびっくりして、近くに身を隠した。それで、一歩がいなくなってから、部室に入ったんだ。準備室の方を見たら、ドアが半分開いていて、中が燃えてた。信じられないくらい、燃えてたんだよ」

その光景が脳裏に蘇ったのか、震える声で光瑠は続ける。

「……俺、頭の中が真っ白になっちゃって。でも、自分の煙草が原因だってことはすぐにわかった。慌ててたから、火をちゃんと消せてなかったんだと思う。灰皿に捨てたか、ゴミ箱に捨てたか、吸殻をどこへやったかも憶えてないんだ。窓も閉め忘れてたから、吸殻が風で飛ばされたのかもしれない。でも、ほとんど消えてた煙草の火だぜ。それでこんなことになるのかよって」

準備室は資料置き場になっていたというから、燃え移りそうなものはたくさんあっただろう。もし、吸殻を紙くずの入ったゴミ箱にでも捨てていたら、火事は当然の結果だ。

「俺、完全にビビっちゃって、自分の鞄を取ると、部室の鍵を机に放り投げて逃げたんだ。こんなものを残していたら、犯人だと疑われると思って。今日は登校しなかったことにしようって考えた。その時は、もう自分のことしか考えられなかったんだ」

「私、その後《あと》の、白石先輩の姿を見ました」

千晶が顔を上げた。

「私が電車を降りた時、白石先輩は私の降りたホームの反対側に立っていました。そして、すぐにやってきた電車に乗り込んだんです。私は、どうして、帰るんだろうって、思いました」

「……逃げるところも見られてたのか。本当に、俺って、最低だよな。でも、あんなに燃えているのを見たら、逃げ出すことしか考えられなかったんだ。自分のやってしまったことが、自分のどうにかできるレベルを遥かに越えてて、どうしてもそれが受け入れられなかった」

逃げることで自分が助かるなら、それに縋り付いてしまう気持ちは分かる。自分の手に負えない状況であれば、なおさらだ。

「でも、家に帰る電車に乗っていたら、俺、前に、一歩が言ってたことを突然思い出したんだ。火事の前に見たのがあいつの姿だったからかもしれない。文芸部の活動で本の感想を言い合ってた時、あいつは『罪が償えない限り、その人はすべてのことを罰だと感じる』って言ったんだ。どんな本だったかは憶えてないんだけど、その言葉だけは印象的で、俺もその時、そうだなって思って……」

「ドストエフスキーの『罪と罰』をみんなで読んだ時ね。私も憶えてる」

記憶を手繰ろうとしてか、楓が頬杖をついて懐かしそうに目を細める。

「武東くんはその後に『人間の心はバランスが崩れると壊れてしまう。だから、罪にたいしてふさわしい罰を、バランスをとるために、自ら科し続けるんです』って、言ったわ」

それに光瑠は頷いた。

「俺は、すぐに電車を降りて、また、反対側の電車に乗って、学校に引き返したんだ。どこに逃げても、自分からは逃げられないなって分かったから。自分がしたことに向き合わなきゃなって。学校に着いた時には、生徒は帰らされているところだった。その時、俺は一歩が飛び降りたことを知ったんだ。正直、わけがわからなかった。どうして、そんなことになってしまったのか。でも、俺のせいだって思った。あの時、火災報知器を鳴らすとか、先生に火事を伝えるとか、俺はすべきだった。そうしたら、一歩は飛び降りなくて済んだかもしれない」

そう語る光瑠の表情は、後悔の色をありありと浮かべていた。

火災報知器が鳴ったのは、もっと後だった。

僕がそれに気付いてイヤフォンを外した頃、武東一歩はすでに屋上にいて、その後、飛び降りている。

「それをずっと今まで隠してたんですか？」

優海は信じられないといったように、光瑠を見つめる。

「黒崎先生が責任を問われて、学校を辞めさせられたのに、何も思わなかったんですか？自分の煙草が火事の原因だって、分かってて黙ってたんですか？」

「俺は、言おうとしたんだ……」

光瑠はその視線に耐えられないといった様子で顔を手で覆う。

「火事が起きた後、生徒は問答無用ですぐに帰らされたろ？　現場も混乱してて、俺もどうすればいいかわからなかった。状況が落ち着いてから話すべきだと思ったんだ。だから、その日は大人しく家に帰って次の日、職員室に行って、自分がやりましたって黒崎に話そうとした。先生の煙草を吸って、旧校舎を火事にしたのは俺ですって。でも、黒崎は、それを言う前に『あの火事は私の煙草の不始末が原因だ』って、俺の肩を摑んで言ったんだ。黒崎には俺がしたことだってわかってたみたいだった。でも、準備室に煙草を置いていたのは自分だし、そこでの吸殻が火事の原因だったってことに、責任を感じたんだと思う。その時、すでに黒崎は、職員会議で自分の吸った煙草が原因だったって認めたからって、俺に『何も言わなくていい』って言ったんだ。『余計にややこしくなるから、私に任せて黙っていなさい』って。それで、俺は言えなくなってしまった。俺はやったことを隠すしかなくなった」

罪を認めて告白しようとしたのに、それが出来なかった。

光瑠は黒崎にかばわれたことで、むしろ、償いの機会を失ってしまったのだ。

それは彼にとって、罪が露見するより酷なことだったかもしれない。

自分に非があることは、誰に責められなくても、自分が一番よくわかっている。けれど、それを誰にも言えず、認めることも出来ない。隠された罪は表立って償うことができず、光瑠はずっと自分を責め続けなくてはならなくなってしまった。

『罪が償えない限り、その人はすべてのことを罰だと感じる』

そんな武東の言葉通りの状況に追い込まれてしまったのだ。

「それで、よく武東くんが飛び降りたことに、自分の責任はないって言えましたね」

優海の言葉に、光瑠は大きく首を横に振った。

「確かに、火事を起こしてしまった責任が俺にあるのは認めるよ。でも、屋上に留まっていれば、あの火事からは助かったんだぞ？ それなのに、なんで、あいつは傘なんか持って飛び降りたんだ？ 火事とあいつが飛び降りたことに、本当に因果関係があったのか？ 俺が言いたかったのは、一歩のいじめを見て見ぬふりをしたことも、屋上に上がるのを止められなかったことも、あいつが飛び降りた直接の原因だとは言えないから、誰もそこまで責任を感じる必要はないんじゃないかってことだ」

光瑠の言うこともっともで、彼の失火が武東の直接の死の原因になった、とは言い切れないだろう。武東を殺そうとして火をつけたわけではなく、彼は炎に焼かれて死んだのでもない。あくまでそれは、放火ではなく、失火だ。

「俺にできる償いはないだろうかってよく考えるよ。一歩の命日には必ず墓参りに行ってるし、煙草だってもう二度と吸わない。そんなのは自己満足で、償いになんかなっていないっていうのはよくわかってる。でも、どうすりゃいいんだよ。今更あいつに何がしてやれるっていうんだ。俺は――」

その時、光瑠は何かに気づいたかのように、はっと顔をあげた。

「……俺があいつにしてやれること、あったわ」

その瞳に強い意志の光が灯る。

「なぁ、楓。おまえは、その手紙の内容、みんなの前で読めるのか？」

次の矛先が楓に向かう。

「まさか、この期に及んで、おまえだけ読まないってことはないよな。そこに何が書かれているか、俺には想像がついてる。俺はおまえが何をしたか知ってるぞ。作家デビューしたのに、二作目が書けない理由もな」

「……そう？」

「この中で、一歩に一番ひどいことをしたのは、おまえだろ？」

「そんな心当たりはないわね」

楓はそれでも余裕の態度を崩さない。

「いいから、手紙読めよ」

「ええ、別に、私は読んでも構わないわよ」

そして、楓は封筒から手紙を取り出して読み上げる。


誰が武東一歩を殺したか？

誰が彼の作品を盗んだか？

それは私だと二楷堂楓は言う

文芸部の教室で
彼が書いた作品を
私が盗んだ

「おまえが新人賞をとった作品、あれ、一、歩の、書、い、た小、説、なんだろ？」

しかし、楓は唇を歪ませて笑んだ。

「そ、れ、が、ど、う、し、た、っ、て、い、う、の、？」

＊

これで全ての手紙が読まれたことになる。

僕は、武東一歩の飛び降りを目撃したが黙っていた。

朝浦千晶は、いじめられている武東一歩を見てみぬ振りをして死に追いやった。

葉鳥優海は、嘘を吐いて武東一歩を火事の現場に戻らせて死に追いやった。

白石光瑠は、失火により武東一歩を死に追いやった。

二楷堂楓は、武東一歩の書いた作品を盗んで死に追いやった。

それが手紙の告発だ。

――では、誰が武東一歩を殺したか？


「おまえが一歩を――」

自分が追及しておきながら、光瑠は呆気に取られている。

「一歩の書いた小説を、自分の物にする為に殺したのか？」

さすがにそこまでとは光瑠も考えていなかったのだろう。しかし、大胆不敵に居直って見える楓の態度は、それが事実であることの裏付けのように感じられた。

「どうやって？」

楓はクスリと笑う。

「どうやって、私が殺したっていうの？」

自供ともとれる言葉に、その場の誰もが言葉を失った。

優海も千晶もただ驚いているばかりで、理解が追いつかないようだ。

本当に楓が武東一歩を殺したのだろうか？

僕は今までの話を思い返す。

果たして、そんなことが可能か、あの時の状況を順に追ってみる。

まず、最初に登校してきた光瑠が、準備室で煙草を隠れて吸っていた。
そこへ、武東が準備室の隣、文芸部の部室にやってきた。
それに気付いた光瑠は煙草を消して準備室から廊下へとこっそり出る。
——準備室で光瑠の吸殻による失火が起きる。
それに最初に気付いたのは、おそらく武東だった。
部室を出た武東は四階の階段付近で優海と出会った。
優海は武東に頼まれて屋上へと猫の無事を確認しに行く。
光瑠は部室に戻って火事を確認すると、鞄を取って学校から逃げ出した。
その姿を登校中の千晶が目撃する。
武東は旧校舎の二階、階段踊り場で登校してきた楓と出会う。
楓は火事を伝えに新校舎の職員室に行き、武東は再び四階へと様子を見に戻る。
新校舎の玄関口で楓は千晶と出会い、共に職員室に向かう。
旧校舎の屋上から降りてきた優海が、武東と三階で出会う。
武東は一人で屋上に上がり、優海は吹奏楽部の部員と共に校庭へと避難した。
職員室に誰もいなかったことから、楓はその場に千晶を残して体育館に向かう。
体育館で楓はバレー部顧問の教師を見つける。
火災報知器のベルが鳴って、新校舎の屋上で僕が火事に気付く。

傘を持って武東が中庭に飛び降りる。

飛び降りた武東の姿を、僕が新校舎の屋上から確認した。

体育館から中庭にやってきた楓と教師が倒れている武東を発見した。

それと同時くらいに、僕が中庭にやってきて、教師に避難指示を受ける。


――楓はどうやって武東一歩を殺したか。

もしくは、どうすれば楓に武東一歩が殺せたのか。

考えてみたが、全然、分からない。

僕には、不可能に思える。

「傘は――」

久しぶりに発した僕の言葉は、緊張でかすれていた。

「武東一歩が持っていた傘はどこから？」

「それは、黒崎先生の傘だと思う」

優海が答えてくれる。

「元は紺色だったのに、色褪せちゃった雨傘。ネコの住んでた小屋の中に、置いてあったの。黒崎先生、雨の中で傘をさして煙草吸ってたんだよ。雨音を聞きながら吸うのが好きだって言って」

武東が持っていた傘は、旧校舎の物置小屋に置かれていたものだった。

「あと、黒崎先生は？　あの日、どこにいたんですか？　誰か知りませんか？」

「黒崎先生は二階堂先輩が体育館に向かった後に、職員室に戻って来ました。トイレに行ってたみたいで」

それには千晶が俯いたまま答える。

「その後、私と黒崎先生は職員室の窓から旧校舎の火事を確認して、連れ立って火災報知器を鳴らしに行ったんです」

火災報知器を鳴らしたのは黒崎と千晶だった。

位置関係から考えれば、誰も武東一歩を直接殺せない。

武東一歩が飛び降りた時、楓は体育教師と一緒にいて、優海は吹奏楽部の部員と一緒にいた。光瑠は学校から離れるのを千晶に目撃され、千晶は黒崎と一緒にいる。

学校に戻ってきた光瑠が武東を突き落としたという可能性はあるだろうか？

その時、屋上への階段は使えたのか？

使えなくなっていたから武東は屋上から戻れなかったのではないか？

そもそも、武東を突き落とした人物がいないと証言しているのは、僕だ。

いや――

一人だけ、誰にもその時の存在が証明できない者がいる。

「ねぇ、千晶。光瑠が学校とは反対の方向の電車に乗り込んだのは、間違いない？」

楓の言葉に千晶は「間違いありません」と答えた。

「じゃあ、光瑠が学校に戻ってきて、武東くんを突き落とすことは、時間的に可能かしら？」

「それは、不可能だと思います。駅から学校までは、バスに乗らないといけない距離だし。私がバスで学校に来て、次のバスが到着する前には、武東くんは飛び降りていたと思います。あの日は日曜のダイヤで、バスの本数が少なくて、三十分に一度しか来ないので」

楓は満足そうに頷く。

「それなら、武東くんが飛び降りた時には、みんなにアリバイがある」

そして、人差し指で一人ずつ指していく。

「武東くんが飛び降りた時、光瑠は学校にはいなかった。千晶は黒崎先生と一緒にいた。優海は吹奏楽部の部員と校庭に避難していて、私は体育館から教師をつれてきた。私はもちろん、誰も、武東くんを殺すことはできない。でも、あなたは？」

最後に楓は僕を指した。

「どうして、日曜日に学校に来て、新校舎の屋上にいたの？　それに新校舎の屋上には鍵が掛かっていて、入れなかったはずだわ」

ぐっと僕は言葉を詰まらせる。

休日に家にいたくない特殊な状況だったという説明はできる。でも、長々とそれを語ったところで、到底信じてもらえないだろう。

「もし、あなたが新校舎の屋上にいたのではなく、旧校舎の屋上にいたのだったら？　目撃者なんかじゃなくて、武東くんを突き落としたのがあなただったら？　その後でも中庭には降りてこられるわ」

最初から楓は僕を疑っていたのかもしれない。

彼女が会話の主導権を握ったのは、こういう形に持って行くためだった。

実際は、僕が武東一歩を突き落とした証拠も、動機もない。

だが、僕は怪しすぎた。四人はよく知った仲間だが、僕はそうではない。今日初めて出会った、無人島に四人を連れてきた側の人間だ。

目撃者であるという安全な立ち位置にいることから、すでに彼女は僕に疑いの目を向けていたのだろう。全ての証言が出揃い、うまく嚙みあって、文芸部の四人には武東一歩を殺せなかったという状況を作り上げる。そんな反撃の機会を彼女はずっと窺っていたのだ。

しかし、楓から出てきた言葉は僕の予想外のものだった。

「でも、まあ、おそらくそうじゃない。犯人は別にいる」

場の空気は完全に彼女に支配されていた。

楓は勝ち誇ったような微笑を顔に張り付かせている。

厄介なミス・マープルが紛れ込んでいたようだ。

「犯人の狙いは、武東一歩の飛び降りの真相を探ること。関係者である私たちに、それを語らせること。佐藤くんは、犯人に用意された〝目撃者〟に過ぎない。彼の証言は、全部が嘘なのよ。きっと、秀桜高校の卒業生なだけで、何も目撃してない。私たちに語らせるための、ただのきっかけに過ぎないんだわ」

一体、楓は何を言いだしたのか。僕の背筋を冷たい汗が伝った。

フフっと楓がいたずらっぽく笑う。

「今回のことを企んだ犯人U・N・オーエンは誰なのか？」

U・N・オーエンとは、アガサ・クリスティーの『そして誰もいなくなった』に出てくる人物で、十人の男女を無人島に招待した謎の人物だ。

そして、楓は志緒の名前が書かれた封筒を指さす。

「それ、中身はないけれど、遠見志緒って書かれてる。この封筒が渡されたのは、武東くんの死に関わる人たち。ということは、遠見さんもその関係者だってこと。それが言いたくて、彼女はわざわざ、そこに封筒だけを置いていった。佐藤くん、遠見さんとは、いつ、どこで、知りあった？」

志緒が関係者？　そんなはずはない。

状況に頭が追いついていない僕は、聞かれたことを素直に答える。

「高校三年生の時、新校舎の屋上に僕がいたら、志緒がやってきて——」

そして、僕はハッと息を吞んだ。

フェンスによじ登って飛び降りようとした。

「それは、武東くんが飛び降りるよりも前？　それとも」

——後《あと》だ。

僕の表情を見て、楓はそれを察したようだ。

「後でしょう？　つまりね。遠見さんは武東くんと関係があった。恋人だったのか、友人だったのか、それは分からない。彼女は、傘を持って飛び降りた、なんて不可解な死に方をした武東くんの謎を解き明かしたかった。だから無人島に、疑いのある者を集めて、こんな手紙を用意して謎解きをやらせたの。〝誰が武東一歩を殺したか？〟っていうゲームをね。〝死の運命〟が分かるなんて、超能力は存在しない。私たちは、武東くんと同じ文芸部の一員であり〝疑わしい人〟だったから、選ばれただけ」

殺される運命にあるから無人島に連れてきた、という説明よりも、事件の真相を知りたくて無人島に集めた、という説明の方が現実的だ。

楓がそう考えるのも無理はない。いや、そう考えるのが普通なのだろう。

それよりも僕が気になるのは、志緒が武東一歩と関係があったのかどうかだ。

大学で四人に偶然死線が見えた、というところからスタートしたと考えていた僕は、志緒は完全な部外者だと思いこんでしまっていた。

なぜ、違う高校だった志緒が、秀桜高校の新校舎屋上で〝学校の屋上から飛び降りる勇気が持てるか〟を確かめようとしたのか？

そんなことは、他の場所でもできるはずなのに、彼女は秀桜高校を選んだ。

おそらく、武東一歩と同じ目線で、飛び降りる勇気が持てるかを知りたかったからだ。

旧校舎の屋上は火事の後で封鎖されていた。だから、同じ高さで、飛び降り現場も見られる、新校舎屋上を選んだのではないか？

そう考えると確かに、志緒は無関係な第三者ではないように思える。

しかし、死線に関してだけは、楓の言ったことは間違いだ。

僕たちは出会ってから、数多くの死線を消してきた。

志緒に死線が見えなければ、辻褄が合わないことがたくさんある。

だから、彼女に死線が見える能力は間違いなく存在する。

それを信じるに足る確証が僕にはあった。

それでも――

今回、文芸部の四人に死線が現れていなかったとしたら？

そもそも死線が現れていなかったとすれば、死線が現れている四人の中に犯人がいるという不可解さが解消するのだ。武東一歩の死の真相が知りたいが為に、志緒が長年にかけて画策したことだという可能性を否定できない。むしろ、そう考えた方がしっくりくる。

しかし、そうであるならば、なぜ、志緒は腹を割って僕に話してくれなかったのか。

別に死線が見えなくても、相談されれば僕は応えるだろう。何も騙す形で利用しなくていいのである。志緒が僕に何かを隠していたとしても、そうしなくてはならなかった理由があるはずだった。

「私が思うに、遠見さんは今も、この状況をどこかで見ている」

楓が指を組んで辺りを見回す。

彼女は監視カメラが仕掛けられているのだと、確信している。

「そろそろ出てきたらどうかしら？　そうしてくれれば、私が武東くんの作品を盗んだ理由を聞かせてあげるわ」

U・N・オーエンは遠見志緒なのか？

＊

午前五時を過ぎる頃になると、空が白み始めた。

煉瓦の煙突をシルエットに地平線の向こう、白い焔のように太陽が昇り始めている。

リビングルームの全面引き違い窓には、そのような神秘的な風景が広がっていた。

遠見志緒が現れるのを待つ間に席を立ってトイレに行くもの、飲み物を入れ直すもの、各々が自由に行動し、再び、ここに集まった。

葉鳥優海は僕の渡したハンカチを洗ってきたらしく、どこに干そうかと試行錯誤した結果、調理場のレールにぶらさげた。

白石光瑠はテーブルに両肘を立てて、ずっと頭を抱えている。

朝浦千晶は居心地悪そうに二杯目の飲み物に口をつけていた。

睡眠薬で一時的に眠らされたとはいえ、本来なら睡眠をとっている時間だ。この数時間での精神的な負担も大きく、誰の顔にも疲労の色が見えた。

ただ、二楷堂楓だけは生き生きとして、目の輝きを失っていない。

おそらく、彼女だけがこの状況を楽しんでいるのだろう。

僕はソファに腰かけて、ずぶずぶと身体と思考を沈み込ませていた。

楓が遠見志緒という大きなピースをはめ込んだことで、この物語の絵はうまく完成したように見える。そこに描かれているのは、志緒が武東一歩の死の真相を無人島で解き明かそうとする物語だ。マザーグースっぽい詩も登場して、洒落も効いているし、それを軸に謎が解けていくのも、思い描いた通りだっただろう。たとえ、僕が騙されて、パズルのピースの一つとして使われてしまったとしても、別に何とも思わない。

ただ、僕は気になっている。

絵は完成したようにも見えるが、まだ、たくさんピースが余っているからだ。

なぜ、武東一歩は傘を持って飛び降りたのか。


こんな大きなピースを余らせていて良いものだろうか。

誰も殺さなかったという事実が真実なのであるのは、大いに結構だ。たとえ、それが真実でなくとも、そう信じられて人が救われるなら、僕はそれを真実と認めてしまってもいいとさえ考えている。

ただ、それは全員が納得すれば、の話だ。

誰の顔にも死線が現れていなかった。

消そうとしている死線なんて初めから存在していなかった。

本当にそれで、犯人は納得するのだろうか。

志緒は「秀桜高校の文芸部に所属していた四人に死線が現れている」と僕に言った。

僕は、それを信じなくていいのか？

本当に誰の死線も消さなくていいのか？

楓が志緒に監視カメラ越しで呼び掛けてから、まだ十分と経っていない。

しかし、それは長い沈黙に思えた。

するり、と空気が動く気配がした。

リビングルームで押し黙った五人がそちらに目をやる。

入り口に現れたのは、遠見志緒だ。

その肩に少しかかった真っすぐな黒髪が柔らかく揺れている。

最後に見た姿と何も変わっていない。

だが、その思いつめた表情は雪のように白く、唇さえも血色を失っていた。

その姿を実際に見た僕は、心の底から安堵する。

僕の推理がいつも正しいとは限らない。

「志緒ちゃん、無事だったの？　良かった」

優海が嬉しそうに声をあげた。

志緒のことを一番心配していたのは彼女だったと思う。

誰が今回のことを企んだか、そんなことは優海にとってどうでもいいようだ。無事が分かってホッとした、そういうふうに見えた。

光瑠は気まずそうに顔を逸らし、千晶は志緒をじっと見つめている。

「色々と、ごめんなさい」

志緒の第一声がそれだった。そして、彼女は深く頭を下げる。

「問題ないわ。気にしないで」

楓が薄く微笑んだ。

「じゃあ、みんなテーブルについて、最後に私の話をしましょう」

志緒を交えて、ふたたび、物語が動き始める。


志緒の視線がみんなを一巡する。

その遠くを見るような、薄茶色の瞳に何が映るのか。

文芸部の四人の顔はどう見えたのか。

志緒は僕と視線が合うと、小さく頷いた。

*

「遠見さんはこの手紙の内容をどうやって知ったの？」

楓は自分の手紙を手に取り上げた。

「あの日、学校に来ていた人たちに聞いて。黒崎先生や、優海さんと一緒に避難した吹奏楽部の部員、千晶さんのクラスメイト。あと渕見央人の『死神と孤独な少女』を読んで」

淵見央人は楓のペンネームだ。

「私たちに聞かなければわからないこと以外は、全部調べたということね」

志緒が頷いたのを確認して、楓は再び自分の手紙を読み上げる。

誰が武東一歩を殺したか？
誰が彼の作品を盗んだか？
それは私だと二楷堂楓は言う
文芸部の教室で
彼が書いた作品を
私が盗んだ

「〝死神と孤独な少女〟は、私が書いたのではなく、武東くんが書いた作品で間違いないわ」

「……それって盗作を認めるってことだよな？」

光瑠の言葉に、楓は頷き返す。

「そんなことで作家デビューして、どうするんだよ。二作目が書けなかったら意味がないじゃないか」

彼の言葉に問い詰めるような響きはなかった。

光瑠はそれをただ悲しいことだと感じているようだ。

「それは違う。二作目が書けないんじゃなくて、元から書くつもりがないの」

「どういうことだ？」

「亡くなった人の作品が受賞できるのか、わからなかったから。だから、私の名前で武東くんの作品を賞に投稿しただけ。〝渕見央人〟は私じゃない。武東一歩のアナグラム。賞金、印税、あの作品から発生した全てのお金は、全部武東くんの家族に渡してある」

「……どうして、そんなことを？」

「面白かったから」

楓はさも当然というふうに答える。

「面白い小説を読んだら、誰かに勧めたくなるじゃない。その感動を共有したくなる。だから、私、文芸部に入ったんだもの。どうすればこの小説が、もっといろんな人に読んでもらえるかを考えたら、賞に投稿するのがいいと思って。まさか、本当に受賞するとは思わなかったけれど」

追及されたところで、楓にやましい部分はなかった。

だから、ずっと彼女は余裕の態度でいられたのだ。

「もちろん、出版に関しては、武東くんの家族とも相談した。彼がどうして欲しかったのかは分からない。でも、火事の前、武東くんから『死神と孤独な少女』の完成原稿を渡されたことが、運命のように感じられたの。そこには、武東くんが誰かに伝えたかった思いが詰まってる気がした。その誰かに作品が届いて欲しいと考えたの」

本になって販売されたのだから、その思いは様々な人に届いたに違いない。

「武東くんを文芸部に誘ったのは私だった。図書室でノートにびっしり文字を書いている武東くんを見つけて声をかけたの。教科書も参考書も出してなくて、勉強してる感じに見えなかったから。そしたら、小説だって言うじゃない。だから、見せてって。最初は恥ずかしがってノートをひっこめられちゃって。でも、私の周りに小説を書いてる人なんていなかったから、なんだか気になって。武東くんを見かける度に『小説は書けたの？　書けたら読ませて』って聞いてた。何十回もアプローチして、渋々見せてくれたの」

僕も図書室は利用していたが、早々に追い出されてしまったので、きっと、そんな二人には出会ってないだろう。

「まぁ、でも、最初はひどい出来だったわね」

思い出を懐かしむように、楓は微笑する。

「それで、アドバイスめいた感想を言ったんだけど、武東くんはそれを聞いて『これからも感想を聞かせてもらってもいいですか？』って言ってきたの。それからは、武東くんが物語を書いて、私が読んで意見を言うみたいな関係になった。作家と編集者みたいな感じね。二人ともプロでもなんでもなかったけど、楽しかったわ。それまでの私はただの読者でしかなくて、でも、武東くんと創作について話し合ってるうちに、作者の伝えたいこととか、それを伝える方法とか、物語の裏側についても考えるようになったの。それで、ますます、読書を面白く感じるようになった」

話を聞く限り、楓と武東の関係は良好なものだったようだ。

「だからかもしれない。完成した『死神と孤独な少女』を読み終えた時、そこに私の思いも組み込まれているような気がしたの。私の言葉や思いが武東くんを通して、表現されたみたいに。あの作品には私の魂の一部が宿ってる、そんなふうに思えた。だから、どうしても、誰かに読んでもらいたくて。それで、投稿することにしたの」

作品が世に出ることが武東の意志だったかどうかは分からないが、その結果は悪いものではないように思えた。武東は自分の為に小説を書いていたのではなく、誰かに読ませる為に書いていた。そうでなければ、楓にも読ませなかったに違いない。

「それだけの話よ。私のしたことは、武東くんが飛び降りたことと何も関係がない。これで手紙に書かれた私の容疑は晴れたと考えていいのかしら？」

誰も何も言わないことを確認した楓は、志緒に手を向けて促す。

「じゃあ、最後の一枚をどうぞ」

――最後の一枚？

「遠見志緒という名前が書かれた封筒があったんだから、当然、中身もあるはずよね？
それが、この無人島謎解きツアーのオチになるんでしょう？」
志緒は黙ったまま、スカートのポケットから手紙を取り出した。
「ちょっと待って――」
僕は思わず、止めた。
誰も武東一歩を殺さなかった。
これは、そういう終わりじゃなかったのか？
誰にも死線が現れておらず、志緒は武東一歩の死の真相が知りたかっただけ。
そうであれば、この先は必要ない。
どうやっても志緒から武東一歩の死の真相はでてこないからだ。
志緒は真相が分からなかったからこそ、四人から真相を引きだそうとした。
でも、四人の話からでは、真相は引きだせなかった。
結局、武東一歩が傘を持って飛び降りた理由は分からなかったのだ。
だったら、これで話は終わりだ。
い、い、い、い、いいじゃないか。
これで終わりでいい、い、い、いいじゃないか。
「いいのよ、佐藤くん。これで終わるから」
僕を見ることなく、志緒はそう口にする。

一体、志緒にかけられる疑惑とはなんだ？

なぜ、志緒は自分への手紙まで用意した？

志緒を止めなくてはならないと感じるのに、それが出来るもっともらしい理由が用意できなかった。僕には彼女を止める言葉が見つけられない。

「私は、幼い頃から、他人の死が見えました。信じてもらえないかもしれないけれど、それは本当です。死が間際に迫った人が分かるんです」

そして、志緒は手紙を読み上げる。

誰が武東一歩を殺したか？
誰が彼に死を告げたか？
それは私だと遠見志緒は言う
死は逃れられぬ運命だと
私が告げた

「私がい、武東一、歩を殺い、しましい、たい」

＊

「火事の起こる一週間前、私は一歩に、死の運命が見えたと告げました。私と一歩は幼馴染で、それが見えたら教えるという約束をしていたからです。重要なのは、私と一歩はそれを絶対に抗えぬ運命だと信じていたということです。私たちは経験から、死の運命が現れたものは、絶対に死ぬと考えていました」

やはり、止めるべきだった。嫌な予感はしていたのだ。

なぜ、志緒は武東一歩を殺した真犯人が自分だと告白したのか。

僕は彼女の言葉を聞きながら、その真意をはかりかねている。

「一歩はあの日、自分が死ぬことを分かっていました。だから、その前に二楷堂さんに小説を託したのだと思います。出版されるとは思ってなかったと思うけど、文集に載せるくらいの期待はしていたかもしれません。一歩は死ぬ前に、心残りがなくなるように行動すると言っていました」

絶対の死を告げられる方も、告げる方も辛かっただろうと思う。

今でこそ死線は〝回避可能な死の予兆〟という認識だが、僕と出会う前の志緒にとってはそうではなかった。彼女はそれを絶対的な死だと考えていて、人と目を合わすことを恐れ、それを口にすることなく、ずっと俯いて生きていたのだ。

「だから、一歩はいじめを苦にして死んだのではなく、火事に巻き込まれて死んだのでもなく、屋上に行くのを止められなかったから死んだのでもありません。あの日、あの時、生きることを諦めたから死んだのです」

絶対に逃れられない死の運命を前に、人はどうするだろうか。

生きることを諦めて、死を受け入れるだろうか。

避けられる可能性が少しでもあるのならば足掻くだろうが、そんな可能性が全くないのであれば、諦めてしまってもおかしくはない。

「あやまって屋上から落ちたにしても、手を伸ばせば助かったかもしれない。必死に生きようとすれば、助かったかもしれない。でも、きっと、一歩はそれをしませんでした。手を伸ばしたところで、自分が死ぬ運命は変わらないと知っていたからです。それが分かっていたからです。私の言葉が、一歩に生きることを諦めさせたんです」

血の色を失った志緒の唇が震えていた。それはとても演技には見えなかった。彼女は嘘偽りのない本心を語っているように見える。

「猫を探しに屋上に上がって戻れなくなってしまった時、一歩は、ここが自分の死に場所であると気付いたんだと思います。だから、どうせ死ぬのであれば、せめて、自分らしく死のうと、精いっぱいのユーモアを効かせて、傘を差して屋上から飛び降りたんです」

武東一歩は自殺だったということか。

傘を差して屋上から飛び降りるのは、確かにユーモアを効かせたと思えなくもない。

その行為は、まるで本人が死を受け入れているように見える。そうなのであれば、それは志緒に向けて送ったメッセージだったと考えられる。自分は死を恐れていないというメッセージ。話を聞く限り、武東は思いやりのある人物だ。自分に死を告げた志緒の心の負担を少しでも減らそうとして、そうしたというのは納得できる気がした。でも、そうじゃないと僕は思う。

そして、この話が悲惨なのは、きっと、ここからだ。

「一歩が死んでしまった後、私は佐藤くんと出会いました。そして、死の運命が絶対的な死ではなく、回避可能なものだと知りました」

死線は回避可能な死の予兆である。絶対に避けられない死の運命が、避けられるものだったとしたら、話は大きく違ってくる。

「私が見る死の運命は、手を伸ばせば回避できた。一歩にそうさせなかったのは、私が絶対的な死を告げたからです」

武東一歩が死んだのは、その日に死ぬことが分かっていたから。

その覚悟をさせたのが、他ならぬ、幼馴染の志緒だった。

志緒は新校舎の屋上のフェンスによじ登って、自分にも飛び降りる勇気がもてるか確かめたかったと言った。きっと、武東一歩は勇気をもって飛び降りたのではないか、と考えたからだ。

「私が幼い頃、死の運命が見える、なんて一歩に告白したことが、大きな間違いの始まりでした。私が誰かの顔にそれが見えると言い、その誰かが死んでいく。一歩はその度に、その死が絶対的なものであると信じていきました。そうやって、一歩は少しずつ首が絞められていったんです。そして、最後に、私の言葉が見えない手になって、完全に首を絞めたのです。一歩の死が不可解なようにみえるのは、不可解な方法によって、殺されたからです。みなさんを集めたのは、それを知って欲しかったから」

志緒は懺悔が終わったかのように深く息を吐いた。

「武東一歩を殺したのは私です」

それから、順に一同に視線を送り、ある瞬間で、悔しそうに下唇を噛んだ。

そして、最後に、僕を見た。

どうして、そんな顔をしているのか。

その表情は今にも泣きそうで、僕に助けを求めているように思えた。

武東一歩の死の真相が志緒によって語られた理由が、僕にはわからない。

それが分かっていたのであれば、文芸部の四人を無人島に集める必要はないはずだ。

彼らには消すべき死線がないのだから。

なぜ、志緒はこんなことをしたか？

僕は思い出す。

僕たちは何をしようとしていたのか。

文芸部の四人の死線を消そうとしていた。

本当に四人に死線は現れていなかったのか？

もし、四人に死線が現れていたのだったら？

いや、全員に死線が現れていたのだったら？

いつから僕に死線が現れていたか？

大学の食堂でいつもは見つけられない僕の姿を志緒が簡単に見つけられたのはなぜか？

僕の頭部に死線が現れていて、それがマーキングになっていたからではないか。

練炭自殺を企んでいたお姉さんを止めた時、志緒は「もしもの時は、本当に飛び降りても大丈夫。佐藤くんの顔に死線は現れてないから」と僕に言った。だから、あの時は、まだ死線が現れていなかった。現れたのは、きっと、その後だ。

お姉さんを救って、マンションの屋上に上がった時、志緒が「傘を持って旧校舎から飛び降りた生徒のこと」を話題にした。

おそらく、その時、僕の顔に死線が現れたのだ。

その言葉がきっかけで、運命がより悪い方向へと転がりだしてしまった。

では、いつから志緒に死線が現れていたか？

鴎縁島にやってくる時、志緒はいつもの色付きのリップを塗っていなかった。

塗らなかったのではなく、塗れなかったのだとしたら？

鏡を見ても、自分の顔が死線に塗り潰されていて、唇が見えなかったから。


タイタニック号に乗っていたのはここにいる全員で、みんなが海に投げ出されていたのだったら？

その時、志緒ならば、どうするか。
ああ、そうか、カルネアデスの板だ。
そう考えれば、彼女の行動の真意が分かる。
僕に今、助けを求めている理由も。
志緒は自分以外の五人を助けようとして、
失敗したのだ。

「それがこの物語のオチ？」

楓は不満そうだ。

「〝死の運命が見える〟なんて、小さい頃に自分が作りだした他愛ない嘘を、いつの間にか武東くんは信じるようになっていて。高校生になったあなたが、またそんな嘘を吐いたら、真に受けた武東くんが自殺した。遠見さんが言いたいのは、そういうこと？」

「はい。そうです」

志緒は胸に手を当てて、そう答えた。


「かなり強引で残念だわ」と、二階堂楓は落胆した。

「それでも、俺が火事を起こさなければ」と、白石光瑠は苦悩した。

「志緒ちゃんがどうしたいのか分からない」と、葉鳥優海は困惑した。

「死の運命なんて告げなければよかったのに」と、朝浦千晶は悲嘆した。

「ちょっと待って」

だから、僕は言う。

僕にできることは限られている。

それでも――

誰も死なないミステリーを君に。

――君に、捧げよう。

「遠見志緒は武東一歩を殺していない」

4

法律を学んでいる人なら〝カルネアデスの板〟のことを知っているかもしれない。

それは古代ギリシアの哲学者カルネアデスが出したといわれる問題だ。

ある一隻の船が難破して、乗客が全員海に投げ出された。

一人の男が壊れた船の板切れにすがりつく。そこへもう一人、同じように板切れにすがりつこうとする者が現れた。二人が板切れにつかまると沈んでしまうと考えた男は、後から来た者を突き飛ばして水死させてしまった。

救助された男は後に殺人罪にかけられたが、罪には問われなかった。

急な自分の命の危険に際して、やむを得ず、他者の権利を侵害したとしても、その罪が免除されることがある。これは、緊急避難の例によくあげられる話だ。

そこで、もし、ここにいる全員が海に投げ出されたとして、志緒だけが五人乗りの救命ボートに乗っていたら、彼女はどうするだろうか。

六人いるのに、五人しか救えないのだとしたら、彼女は五人を救命ボートに乗せて、自分は海に沈んでいくだろう。遠見志緒は、そういう人間だ。

志緒の狙いはこうだ。

まず、文芸部の四人、そして僕を集めて、武東一歩の死の真相を解き明かす。

けれど、自分が武東一歩を殺したと告白する者は現れないだろう。

志緒が調べた状況でも、直接、武東一歩に手を掛けたと思われる者はいなかった。

自然な流れとして〝誰も武東一歩を殺さなかった〟という状況に落ち着く。

しかし、この無人島にいる全員に死線が現れていることは間違いない。

誰かが全員を殺そうとしているのは確かだ。

その者――犯人は、なぜ、全員を殺そうとしているのか。

おそらく、武東一歩を死なせた責任がある者を手当たり次第に殺そうとしている。

初めは文芸部の四人にその容疑が掛けられていた。しかし、この島に来てから、僕と志緒にもその容疑があることが判明した。だから、全員の顔に死線が現れていたのだ。

だが、志緒の用意した手紙によって、一人一人の容疑は晴れていった。

犯人にとって、そんな〝誰も武東一歩を殺さなかった〟という結論は納得がいくか。

納得すれば誰も死なないで済む。しかし、納得しなければ、殺人は止まらないだろう。

その時、犯人が求めているのは、武東一歩を殺した真犯人の殺害だと考えられる。

志緒はその役――真犯人になることを買って出たのだ。

犯人が真犯人を殺して、復讐を達成し、話を終わらせる。
志緒は自分が真犯人として殺されることで、他の人たちを救おうとした。
自分に現れた死線だけを消さないこと。
それが志緒の導き出した解決策だった。
だが、彼女は失敗した。
志緒は自分を犠牲にすることで、他の五人を救おうとしたが、救えなかった。
まだ、志緒以外の五人の中に、死線の消えていない者がいたからだろう。
真犯人である志緒を殺しても、まだ、殺される人物が存在したのだ。
それは、なぜなのか。
そもそも、ここにいる全員が殺される、という状況がおかしい。
順に殺していけば、最後の一人、殺されない人物が存在するはずだ。
必ず犯人は最後の一人として生き残る。
しかし、その人物にも死線は現れている。それは、なぜか？
犯人が最後に自殺するつもりだからだ。
——死線は、自殺でも現れる。
おそらく犯人は、真犯人を殺した後、自殺しようと考えているのだ。
もしくは、最初から、全員を殺して自分も死ぬつもりだった。

だから、志緒を殺しても、その犯人の顔には死線が現れ続けるのだ。

志緒は犯人も救おうとして、出来なかった。

今、志緒には、犯人の顔に死線が見えている。


その犯人が誰か、僕には察しがついていた。


死の運命が分かるという志緒の能力は、俄かに信じがたい話だ。

常識で判断すれば、そんなものは存在しない。

信じる者の方がおかしいと言われるだろう。

ただ、犯人にとってはそうではない。

犯人は文芸部の四人を近いうちに殺そうとしていた。

志緒はその四人が近いうちに殺されると分かっていた。

このタイミングでこういう状況にもってこれたことは、志緒の能力が本物だという証明に他ならない。だからこそ、犯人は志緒の言葉が信用に足るものだと考える。

死の運命が分かるからこそ、武東一歩を死に追いやれたという、そんな道理が通用するのは、志緒の能力を信じることができる者だけ。

すなわち、僕と志緒と犯人だけだ。

志緒の言葉に対する反応を見れば、その犯人は——


だけど、この物語は、犯人が分かるだけでは終わらない。

志緒が殺されるなんて結末は受け入れられないし、犯人が自殺する結末もお断りだ。

必ず、全員がこの無人島を生きて出る。

僕が望むのは、誰も死なないミステリーだ。

その為に必要なのは、やはり、武東一歩の死の真相を解き明かすことだろう。

＊

「葉鳥さん、野良猫はどうなったんですか？」

突然、僕に声を掛けられて優海は「え」と驚いた。

「野良猫ってネコのことですか？」

遠見志緒でなくとも、当たり前のことを言う人はいる。

「武東一歩が屋上に探しにいった猫です。どうなったんですか？」

「ネコは黒崎先生が引き取りました」

「火事の後に？」

「火事の後に」
「どこにいたんですか？」
「中庭にいました」
火事の後、猫は中庭にいた。
それは大いに使えるパズルのピースだ。
武東一歩の死の真相は、真実でなくてもいい。
真実だけが人を救うとは限らない。
たとえ、それが真実でなくとも、全員が救われる事実であればそれでいいのだ。
他にも使えるピースはないだろうか。
武東一歩の死でもっとも不可解なのは〝傘〟だ。
なぜ、傘を持って飛び降りたのか。
光瑠は印象的な自殺になるからだと言った。
優海は傘を持って飛び降りれば、多少はフワフワすると考えたからだと言った。
志緒は精いっぱいのユーモアを効かせたからだと言った。
そのどれもが、僕のイメージと一致しない。
なぜ、そんな発想になるのか分からない。
だって——

「……そうか、壊れた傘だ」

電撃が脳髄に走るような、そんな閃きに僕は震えた。

武東一歩の身体があったすぐ近くに、壊れた傘が落ちていた。

僕はそれを見た。

だから、みんなとイメージが一致しないのだ。

僕は立ちあがる。

「武東一歩が死んだ理由が分かりました」

それを説明するには、まだ幾つかのピースが足らない。

「志緒、金庫のナンバーを教えてくれ。携帯電話を使って確かめなくちゃいけないことがある」

志緒はその数字を答える。

「ちょっとだけ、ちょっとだけ僕に時間を下さい！　みなさん、そこにいて。いいですか、絶対に一人で行動しないで。みんな一緒にいてください。できれば、席も立たないで」

楓が僕を呼び留める。

「どこに電話をかけるつもり？　こんな時間に」

「警察です」

一同がどよめいた。

「あ、そういう警察じゃなくて、知り合いの警察関係者です。だから、そういうんじゃないです。安心して。警察には連絡しません」

僕はリビングルームから出て、エントランスに行き、金庫のロックを外して、中から携帯電話を取り出した。連絡帳から知り合いの番号にかける。

コール音を聞きながら、僕は考えた。

野良猫と壊れた傘。

それがみんなの命を救う。

もし、僕の推理が正しければ、武東一歩の学生服には、証拠が残っているはずだ。

——電話が繫がる。

「もしもし、ハナゴリラ？」

携帯電話の向こうから、寝起きの声が返って来る。

『おかけになった電話番号は、動物園のものではありません。間違えてんじゃねぇぞコラ、ダイコン』

*

リビングルームに僕が戻って、しばらく後。

僕の携帯電話が鳴った。

『学生服には、猫のものと思われる動物の毛がついていたそうだ』

それで解決へのピースが全て揃った。

＊

「まず、猫はどこにいたのか？」

僕は探偵のように話し始めた。

テーブルにはみんなの姿がある。

「火事の時、葉鳥さんが旧校舎の屋上を確認しても、猫の姿はなかった。それは間違いないですよね？」

「……絶対に間違いありません。小屋の中も裏も、確認できるところは全部見ました」

優海はしっかりと頷く。

「でも、屋上には鍵が掛かっていた。猫は黒崎先生が屋上に連れて行ったもので、どこからかやってきて居着いたものではない。それも間違いないですか？」

「間違いないです。ネコが空を飛べない限り、逃げ場はありません」

「猫が空を飛べない限り、逃げられないはずだった。でも、いなかった。ということは、猫は旧校舎屋上の見えないところにいた可能性があります」

「屋上の見えないところってどこですか?」

「旧校舎屋上のフェンスは胸くらいまでの高さしかありません。鉄格子みたいな形で、格子の間は拳一つ分空いていて、下には十センチくらいの隙間があります。猫はその隙間を通って逃げたんだと思います」

「どこへ? 四階分の高さがあるのに」

「写真部の部室の庇の上に」

校舎外側にある部室には、二十センチ弱くらいの幅の庇がついている。

「文芸部の準備室から出火した炎は、窓の隙間から屋上近くにまで上がっていました。猫はそれに驚き、何処かへ逃げようとした。けれど、目的があったわけではなく、行き当たりばったりに逃げた。そこが、写真部の部室の庇の上だった。そこに降りたはいいものの、猫は動けなくなってしまった。しかし、準備室の方から写真部の方へと、火が燃え移ってきていた」

「強引過ぎないかしら?」

それには楓が異議を唱える。

「そんな証拠はどこにもないわ。あなたがそう勝手に想像しただけで」

「はい。僕がそう勝手に想像しただけで、今は、その可能性がある、とだけ思ってもらえればいいです」

まだ他にもピースはある。僕は部屋から持ってきた自分のショルダーバッグから、いつも携帯しているお守りを取り出して、テーブルに置いた。

「なんだそれ？」

光瑠が訝し気に声を上げる。

「傘の柄か？」

それはいつか遠見宗一郎から渡された傘の一部だった。傘の本体の方は吹き飛ばされてしまって、見つからなかったが、これだけは僕の手元に残ったのだ。

――君はいつか、それを必要とするはずだよ。

その人にとって必要なものが分かるという宗一郎の不思議な力を信じた僕は、これをいつ必要としてもいいように、お守り代わりにずっと持ち続けていた。

今がその時だった。

「武東一歩が傘を持って飛び降りたイメージが、傘を開いて差しながら飛び降りたというイメージになっていることに、僕は違和感を覚えていました」

誰もそんなシーンを見ていない。

それなのに、誰もがメリーポピンズみたいに、傘を差して飛び降りたとイメージした。

「でも、違います。僕が見た時、武東一歩の傍にあった傘は、閉じられていて、バンドで止められてました。開いていない状態で、近くに転がっていたんです」

武東一歩は傘を差して飛び降りたのではなく、傘を持って飛び降りた。だから、みんなの発言が不思議に思えたのだ。

「でも、武東くんの傍に落ちていたのは、壊れた傘だったんですよね？」

千晶が僕に聞いた。

「傘を差して飛び降りたから、壊れてしまったのでは？」

僕は傘の柄を手に取る。

「僕が警察関係者に確認したかったことの一つは、武東一歩の傍に落ちていた傘がどんなふうに壊れていたかです。その傘も、これと同じように、傘の柄と本体とが分離して落ちていたそうです。当然それも普通は〝壊れた傘〟と表現します。では、なぜ、その傘がそんなふうに壊れてしまったか？」

それを考えた時に、僕の中で全てが繋がった。

「猫を探しに屋上に上がった武東一歩は、その猫が写真部の部室の庇の上で動けなくなっていることに気付いた。彼はその猫を助けようとしたが、フェンスにつかまって手を伸ばしたところで届きそうにもない。だから、小屋の中にあった傘を取ってきた。傘の柄をフェンスの格子に引っ掛けて下に降り、猫に手を伸ばす。猫を摑んだものの、傘の柄はもともと人間の体重を支えられるほどの強度はない。古かったのも災いしたかもしれない。ぽっきりと折れてしまって、彼は中庭に転落した。壊れた傘も一緒に落ちる。彼の腕に抱かれた猫は、彼に守られて助かった。そして、僕や教師が駆け付ける頃には、中庭の何処かへ逃げてしまった」

「……その証拠は？」

楓は深刻な顔をしている。

さきほどまでの余裕はそこに窺えない。

「それもさっき警察関係者に確認してもらったことの一つです。武東一歩の学生服の胸の辺りに、猫の毛が付着していました。志緒、武東一歩は猫を飼っていた？」

「私の知る限りは、飼ってなかった」

志緒がそう答えるも、楓は追及の手を緩めない。

「でも、武東くんの学生服に猫の毛がつくタイミングは他にもあったんじゃない？　登校してすぐに屋上に様子を見に行って、猫を抱き上げたかもしれないし――」

「それはないです」

それには優海が間に割って入った。

「武東くんとネコがお互いに近づかなかった理由があります。武東くんは、最初、ネコを触った時に猫アレルギーを発症して、くしゃみが止まらなくなって、顔がかゆくなってしまったんです。だから、武東くんは近づかなかったんです。ネコを抱き上げることなんて、絶対にしませんでした」

なるほど、それで武東は猫と遠距離恋愛になっていたのか。

その援護射撃はとても助かる。

そして、僕は最後にゆっくりと結論付ける。

「武東一歩は、猫を助けようとして、屋上から落ちたんです」

誰も何も言わなかった。

「彼は死の運命を告げられて、生きることを諦めるような人でしたか？　話を聞く限り、僕にはそうは思えない。彼がどんな人間だったかは、僕よりも、みなさんの方が知っているはずです。もちろん、彼が復讐なんて望まないことも」


——誰が武東一歩を殺したか？


「誰も武東一歩を殺さなかった」

そう、彼は事故死だったのだ。

僕の言葉にどこかホッとしたような空気が漂う。

「……俺、ずっと考えてたんだけど」

光瑠は呟くように言う。

「ここを出たら黒崎先生に会って、正直に全部話そうと思う。やっぱり、俺の起こした火事が色んな人を不幸にしたのは確かだから。それから、どうやって償えるかを考えてみる。警察に出頭することも視野にいれて」

程度の差はあれ、自責の念はそれぞれにあったのだろう。

楓が赤いフォックス眼鏡を外して、疲れた目を揉んだ。

「そうね。そういうのは、誰かが無理矢理に償わせるのではなく、それぞれが考えて償うのが一番いいのかもしれないわね」

「私はなんだか猫が飼いたくなりました」

優海は眠そうな顔で、本来の調子を取り戻す。

「この展開でよくそんな発想に至りましたね」

千晶がやれやれと言った様子で溜息を吐いた。

そんな中、志緒だけが僕を真っすぐ見つめている。


どうだろうか、僕は合法的にモザイクが消せたのだろうか。

冷たい氷塊の浮かぶ海で死を待つ君に、ヘリコプターを持ってきてやれただろうか。

誰も死なないミステリーは、犯人を救えたのだろうか。

遠見志緒は何も言わずに、ただ、小さく微笑んだ。

＊

鷗縁島が小さくなっていく。

僕たちはあれから、少し食事を取り、少しの仮眠を取った。

そして、本来の予定通りにやってきた小さなフェリーに乗り込んだ。

一週間分も用意した食料は、後で回収してもらうしかないだろう。

もしよかったら、成功報酬として、我が家に運び込んでもらってもいい。

一か月くらいはパーティ気分で生きていける。

食堂にはウッキウキでそれらを詰めたお弁当をもって行こう。

「私の死線は消えたよ。でも、まだ、一人、ちゃんと消えてないの」

隣の席にいる志緒は僕にそう言う。

「だから、佐藤くん、ダメ押しの一撃で、完全に死線を消してあげて。その人に、チホが書いた〝誰も死なないミステリー〟のことを伝えて」

「……チホ？」

「ムトウイチホだから、チホ。私は、彼女のことをそう呼んでいたの」

「彼女？　武東一歩は男じゃ……？　もしかして、『死神と孤独な少女』って、それが誰も死なないミステリーなのか？」

なぜ、ここでそんなワードが出てくるのか。

「チホは死線が現れた最後の一週間、自分らしく生きようって決めたの。お化粧に自信がなかったから、薄暗い夜にだけね。佐藤くんは初めて私と出会った時に、誰も死なないミステリーの話をしてくれたでしょう？　だから、私、あの時、チホと同じことを考えてる人いるんだなって思って」

脳みそを直接つかまれて、激しく揺さぶられる思いがした。

武東一歩は――

あの時、僕を救ってくれた。

あの時、僕を変えてくれた。

ハンシュガー？

「えっ……？」

「つまらない」

「つまらない冗談過ぎるだろ……バカじゃないのか……」

熱いものがこみあげてきて、僕は思わず目頭を押さえた。涙が堪えきれない。

『君が佐藤なら、私は〝砂糖ではないもの《ノンシュガー》〟かな』

誰が気付くか、そんなこと。

砂糖ではないもの、つまりそれは無糖で、武東だなんて。

「……フフ、フフフ」

「ちょっと、佐藤くん、どうしたの？　どうして泣きながら笑ってるの？」

凄いよ、ノンシュガー。

君が僕に語った理想が、時を越えて、全員の命を救うなんて。

てっきり、僕に愛想を尽かしてしまったのかと思ってた。

どうして数年越しのくだらない冗談で笑わされないといけないんだ。

僕が新校舎の屋上にいて、君は旧校舎の屋上にいたんだな。

猫を助けて死ぬなんて、君らしいと思うよ。

でも、僕は――

それでも僕は君に会いたかった。

君がどんな姿だって構わない。

君は僕を助けてくれたのに、僕は君を助けてあげられなかった。

すまない、ノンシュガー。

この物語で、君だけが死んでしまった。

＊

本土の港について解散の流れになった。

早朝の港に人気はなく、僕たちだけの姿がある。

誰もが寡黙に、駅へと歩みを進めていた。

決して楽しい一日ではなかった。

しかし、嵐が過ぎ去ったかのような安堵が、それぞれに訪れているようだった。

――ただ一人を除いては。

そこで、僕はある一人を呼び止めた。

他の人たちには後からすぐに追いつくから駅で待っていてと言う。

肌にまとわりつくような海からの潮風と、打ち寄せる波の音。

他に邪魔するものが何もない場所で、僕たちは二人で対峙した。

「もしよかったら『死神と孤独な少女』を読んでもらえませんか。一歩は、誰も殺されず、犯人も犯人でなくなって、みんな救われる優しいミステリーを書きたいと言ってました。

たとえ、それがミステリーとしてどんなにつまらなくても。僕は志緒の〝死の運命〟が分かる能力を使えば、今回のように、誰も殺されず、犯人も犯行をせずにすむような形で、事件が解決できると思っています。それが一歩の言った、誰も死なないミステリーという理想を、実現できる方法だから」

「急に武東くんを親しく呼びましたね」

「大切な友だちだったことに気づいたんです。僕たちは知り合いでした」

「なぜ、そんなことを私に？」

「あなたが一歩の復讐を考えていた犯人だからです」

「……どうしてそう思うんですか？」

「あなたはトイレの奥の個室でいじめを受けている女子を、一歩が助けたと言いました。さらには、かなりきつい言い方で一歩がアマザワさんを責めたとも」

朝浦千晶は俯く。

「はい、そう言いました」

彼女の前髪が切り揃えられているのは、俯きがちな彼女が、そうなっても視界の邪魔にならないようにだろう。

「どうしてそんなに詳しく分かるんだろうと不思議に思ったんです。トイレの奥の個室でなされた出来事なのに、一歩が何を言ったかも憶えているなんて。まるで、その現場に居たかのようだ。だから、僕はこう考えました。あなたがいじめの加害者側だったか、あるいは、その時、虐められていたのがあなただったんじゃないかって」

「……はい」

「さらに、アマザワさんは一歩のいじめの主犯格ではなかったと思います。もし、そうなら、彼女は他の文芸部のメンバーと同じように、あなたの殺しのリストに入ってなくてはならない。義務的に、盲目的に、殺人をしようとしたあなたが、アマザワさんを外す理由がない。それなのに、文芸部の三人を殺した後、あなたはすぐに死ぬつもりだった。つまり、それで武東一歩の復讐は終わりだということ。では、なぜ、アマザワさんは殺されずに済むのか？」

「……ええ」

「アマザワさんがいじめていたのはあなただったから。アマザワさんはあなたのいじめの主犯格であり、武東一歩のいじめの主犯格ではなかった。だから、殺すつもりがなかった」

「武東くんをいじめていたのは――」

千晶は視線をずっと地面に落としている。

「クラス全員です。武東くん以外のクラスメイト、全員です、私も含めて……」

一対多の集団的なそういう行為は、僕にも心当たりがある。

誰が、というわけではなく、誰もがなんとなく、嫌う。

意識的にいじめているわけではなく、嫌わなければいけないという雰囲気。人間は雰囲気に流されやすい。周りがそうしているから、自分もそれに合わせてしまうのだ。

原因は些細なことだろう。

いじめられていた千晶を助けたこと。

男性であるにもかかわらず、女性的な部分があったこと。

普通ではないことを、集団は嫌う。

「そうなると、一歩に告白して振られたのは、誰かという話になります。これは僕の勝手な憶測ですが、それは、あなたですよね？」

「……はい。私は武東くんに、いじめから助けてもらって、仲良くなって――」

きっと、一歩に助けられたことをきっかけに、恋愛感情を抱いたのだろう。

「でも、振られてしまいました。だから、彼から距離を取らざるを得なくなってしまって。自分は助けてもらいながら、そのことからいじめの対象になってしまった武東くんのこと、見てみぬ振りをしたんです。そんなふうに、〝加害者側〟に回ってしまった。そのことをずっと、後悔して生きてきました」

「だから、一歩の為に何かできることがないかと、武東一歩の死に関与した者たちへの制裁を考えた。自分を殺して、一歩を殺した人を殺そうとした。自分のためでなく、一歩のために」

「大学にあがって、楽しそうにしてる三人を見たら、どうしても許せなかったんです」

千晶は溜息を吐いた。

「私を含めて、絶対に許されないと思いました。放火してそれを隠し続けている人も、火事の現場に戻る武東くんを止めることさえしなかった人も、武東くんの作品を盗作して作家デビューした人も。誰も裁かれていなかった。それなら、誰かが裁かなければいけないって思ったんです。みんなを殺して、自分も死のうと思いました。誰もかれもいなくなってしまえばいいと、そう考えたんです」

「まだ、自分は許されないと思ってませんか？　みんなに罪がなかったとしても、だからこそ、そんな人たちを殺そうとした自分は、裁かれるべきだと」

「……もともと、私は死ぬべき人間なんです。恩を仇で返すような、人間のクズです。本気で人を殺そうとした、殺人犯です」

「でも、それは違う」

思わず強い口調になってしまったのは、この思いが僕だけの思いではないからだ。

「あなたは、そうはならなかった。一歩は、誰も死なないミステリーならば、犯人も救えると考えてました。僕もそう思います。犯行を思い留まった犯人も、救われるべきだと。そんな一歩の思いを叶えてやってください。あなたが死んでしまったら、誰も死なないミステリーにならなくなってしまう。この物語は、武東一歩のために、そういう物語にすべきなんです。それが、残された僕たちが一歩にしてやれる唯一のことです」

「……はい」

「あなたにはそれができるって、僕は信じてます」

ポタリと足元に雫が落ちた。


ああ、雨が降ってきたのかもしれない。

——困った。

僕は傘の柄しか持っていないのだ。

*

僕は大学の図書館で『死神と孤独な少女』を借りた。


それは死神に憑りつかれた少女の物語。

けれど、その少女は悲観することなく運命に立ち向かう。

死神によって少女は何度も殺されそうになるが、鋭い洞察力と持ち前の行動力でそれらをすべて回避してしまう。さらには、死神を知覚できることを逆手に取って、他の死神に憑かれた人々までも救っていくのだ。

事故で死ぬ人を助け。

自殺を思いとどまらせ。

連続殺人を未然に防ぎ。

やがて、戦争までも止めてしまう。

まるでそれは、遠見志緒が主人公の物語のようだった。

少女の魂を奪えない死神は、根負けをして彼女から離れようとする。

しかし、少女は言うのだ。

「あなたがいない世界より、あなたがいる世界の方が、ずっと素敵なのに」

孤独な少女は死神でさえもそばにいて欲しがる。

僕は本を閉じて呟く。

「僕も、そう思うよ。ノンシュガー」

エピローグ

屋上のドアを勢いよく開けた。
充満していた煙が外へと溢れだす。
私は咳き込みながら、屋上へと進み出た。
屋上への階段の方にも火の手が回ってきている。
もう戻れないかもしれない。
そんな予感はあったが、私にはここですべきことがあった。
優海が屋上にはネコがいなかったと言ったが、私にはそう思えない。
さっき文芸部の窓を開けた時、ネコの鳴き声が聞こえた気がしたのだ。
おそらく、中庭に面したどこか、パイプの隙間とかそういったところに、逃げ込んでしまって動けなくなっているのだと思う。

パチパチと爆ぜる音。

黒い煙がモクモクと青空に高く吸い込まれている。

炎がじりじりと日常を焦がしていく。

中庭側のフェンスに寄り掛かって下を確認したら、案の定、そこにネコを見つけた。

写真部の部室の庇の上で蹲っている。

どうしてそんな逃げ場のないところに逃げてしまったのか。

困ったネコだ。

火の手が迫ってきている。そこでじっとしていても助からないだろう。

フェンスを乗り越えて助け出そうにも、手が届きそうにない。

ロープでもあれば、下に降りられるかもしれない。

何か使えるものはないかと小屋を覗いた。

紺色の雨傘を見つける。

取っ手の部分を強く引っ張ってみたが、大丈夫そうだ。

私は早速、背を外に向けて体を乗り越えて、傘の取っ手をひっかけた。片手に傘をしっかりと握りしめて、フェンスを乗り越えて体を乗り出す。

あまりの高さに、冷や汗がどっと噴き出してきた。

あまりにも不安定な状態に、恐怖を覚える。
それでも、手を伸ばせばネコに届きそうだ。
「おとなしくしてて」
ネコにそう声をかける。
「何も怖くないから。全然怖くないから」
自分にそう言い聞かせて、ネコに手を伸ばした。
「あっ、バカ――」
ネコが私の手にびっくりして、外に向かって跳躍する。
それと傘の柄が折れて外れるのは、同時だった。
無我夢中で私は壁を蹴って、空中のネコを捕まえて抱きしめる。
遠見志緒のことを思い出した。
思い詰めた様子で、私がもうすぐ死ぬと言った彼女のこと。
いつも俯いてばかりの私の幼馴染。
彼女の言葉を信じなかったわけじゃない。
でも、私は死ぬつもりなんてなかった。
変えられない運命なんてないはずだから。

死ぬことがわかっていれば、避けられるはずだと思った。

火事が起きて、ネコを助けなくちゃいけないと思ったら、死を告げられた自分のことをすっかり忘れてしまっていた。ひとつのことに夢中になってしまったら、冷静でいられなくなるのが、私の悪い癖だ。本当に、今の今まで、忘れていたのだ。自分でも驚きだ。

でも、志緒には感謝してる。

死を告げられたことで、私はいろんなことに一歩踏み出せた。

書きたかった物語も書き上げたし、本当の自分とも向き合うことができた。

あるがままの私として生きていくのは、これからだ。

これからなのに。

いつか、そのうち、でも、もう――

誰か私の代わりに、志緒を助けてあげてほしい。

人の顔に死が見えるなんて、酷すぎる。

誰も救えないなんて、悲惨すぎる。

志緒、顔を上げて生きて。

何も恐れないで。

誰か――

そして、最後に佐藤くんのことを考えた。

私の書いた小説を読んでくれるだろうか。

もし、楓先輩が私の小説を文集に載せてくれたら、私は約束を守れるのではないか。

もしかして、彼なら志緒を――

落下する私はネコをぎゅっと抱きしめた。

良かった。

抱きしめてもクシャミがでないなんて、初めてのことだ。

最後に大好きなネコを抱きしめられて、良かった。

大丈夫、何も怖くないから。

全然怖くないから。

あなたが死んでしまうことに比べたら。

＊

屋上へのドアが勢いよく開かれた。

給水塔の陰で僕は身を竦ませる。

教師かと思いきや、屋上に現れたのは少女だった。

近くにあるお嬢様学校の制服を着たその少女は、長い髪をなびかせて、ずかずかとフェンスの方へと歩いていく。そして、フェンスに手をかけると、よじ登り始めた。

全く状況がわからないが、黙って見てられなかった。

「飛び降りないでくれ」

僕は読んでいた推理小説を閉じて、そう声をかける。

少女は止まった。紺色のスカートが風にはためく。屋上のフェンスには、飛び降り防止の返しがついていて、それ以上は進めなくなっている。思わず声を掛けてしまってから気づいたが、どのみち、少女はそこで止まるしかなかった。

「飛び降りられたら困る」

きっと、僕は居場所を失ってしまう。

少女は動きを止め、じっと、旧校舎の方を見つめている。

やがて、フェンスを降りて、それを背にしゃがみ込んだ。

「こんなところから飛び降りるのは、さぞかし怖いことでしょう」

俯いた少女がポツリと呟いた言葉に、僕は当たり前だなと思う。

「あなたはなぜ、こんなところにいるの？」

「色々あって」

話せば長くなるだろう。

「君はなぜ、フェンスをよじ登ったんだ？」

「色々ありまして」

それも話せば長くなるのだろうか。

僕は推理小説を開いて、続きを読み始めた。

飛び降りるつもりがないのだったら問題ない。

ここは僕の居場所だが、みんなの居場所でもある。

聞かれたくないことは聞かない。ここのルールはそうなっている。

「よかったら、お互いの色々について、話しませんか？」

少女は途方に暮れたような顔で、僕にそう言った。

彼女は一度も僕の方を見なかった。

「お互いの色々？」

「私、今、誰かに、抱えているすべてをぶちまけたい気分なんです」

「たとえば、アレの悩みとか？」

「アレの悩みってなんですか？」

「今、君が話したいと思っている悩みのこと」

人はアレの悩みについて、誰かに聞いてもらいたいものなのだ。

少女は小さくため息をつく。

「そうです。私のアレの悩みは、人の死がわかること」

「その話は、長くなる？」

「びっくりするくらい、長くなります」

僕はふたたび、推理小説を閉じた。

本を読みながらアレの悩みを聞くのは失礼だ。

そして、少女は〝死線〟について語った。

一通り話を聞き終えてから僕は言う。

「もし、それが本当なら、素晴らしい」

「素晴らしい？　こんな、最低、最悪の、嫌な体質が？」

少女はきっと厳しい眼差しで僕を見つめた。

僕はずっと考えていた。

犯人を救う方法について。

推理小説を読んでずっと考えていたのだ。

犯人の中には救われるべき人もいるんじゃないかって。

どうしようもなく追い詰められて、それしか取れる方法がなくて。

そんな人を犯罪者にしない方法があるんじゃないかって。

事件が起きる前に解決できたら、誰も悲しまなくてすむのになって。

「人がたくさん殺されるミステリーも、君なら、誰も死なないミステリーにできる。ミステリーとしては、とてもつまらないかもしれないけれど、登場人物は全員救われるんだ。誰も殺さずにすんだ犯人さえも救えるかもしれない。それは素晴らしいことだ」

「……誰も死なないミステリー？」

「そうだよ。一緒に、試してみよう。絶対避けられない死が、避けられるかどうか。やるだけやってみよう。もしそれで失敗しても、何もしないでいるよりは、ずっといい。また、立ち上がって挑戦しよう。ライト兄弟だって、何度墜落したかわからない。でも結局は、空を飛べた」

「私と空を飛ぼうと言ってますか？」

「きっと昔、空を飛ぶなんて馬鹿げたことだってみんなは言ったけど、人間が今、空を飛べるのは、そんな馬鹿げたことを信じた人たちがいたおかげなんだ。僕は君の言葉を信じるよ。だから、たとえ、誰かに笑われても、僕たちは諦めないで信じ続けよう。それなら、いつかはきっと空も飛べるはず」

さっき聴いていた歌がそんなタイトルだった。

「あなたの名前を聞いてもいいですか？」

僕は佐藤だと名乗った。

「君の名前は？」

そこでようやく少女は笑顔を見せる。

「私はシオ」

僕がサトウだからって、それはないだろう。

なんてつまらない冗談なんだ。

「佐藤くん。私たち、空を飛べたらいいね」

「大丈夫。シオとサトウは魔法の調味料だから」

青空には綿菓子みたいな雲が浮かんでいた。

本書は書き下ろし作品です。

僕が愛したすべての君へ

乙野四方字

人々が少しだけ違う並行世界間で日常的に揺れ動いていることが実証された時代――両親の離婚を経て母親と暮らす高崎暦は、地元の進学校に入学した。勉強一色の雰囲気と元からの不器用さで友人をつくれない暦だが、突然クラスメイトの瀧川和音に声をかけられる。彼女は85番目の世界から移動してきており、そこでの暦と和音は恋人同士だというが……『君を愛したひとりの僕へ』と同時刊行

ハヤカワ文庫

世界の涯ての夏

つかいまこと

〈第三回ハヤカワSFコンテスト佳作受賞作〉

この星を浸食する異次元存在〈涯て〉が出現した近未来。離島に暮らす少年は少女ミウと出会い、思い出を増やしていく。一方、自分に価値を見いだせない3Dデザイナーのノイは、出自不明の3Dモデルを発見する。その来歴は〈涯て〉と地球の時間に深く関係していた。

ハヤカワ文庫

川の名前

川端裕人

カバーイラスト＝スカイエマ

菊野脩、亀丸拓哉、河邑浩童の、小学五年生三人は、自分たちが住む地域を流れる川を、夏休みの自由研究の課題に選んだ。そこにはそれまで三人が知らなかった数々の驚きが隠されていた。ここに、少年たちの川をめぐる冒険が始まった。夏休みの少年たちの行動をとおして、川という身近な自然のすばらしさ、そして人間とのかかわりの大切さを生き生きと描いた感動の傑作長篇。　解説／神林長平

ハヤカワ文庫

リライト

法条　遥

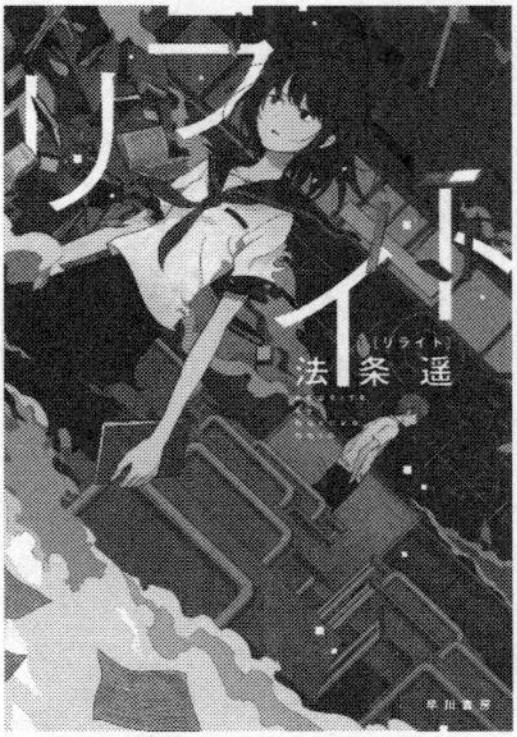

一九九二年夏、未来から来た少年・保彦と出会った中学二年の美雪は、旧校舎崩壊事故から彼を救うため十年後へ跳んだ。二〇〇二年夏、作家となった美雪はその経験を元に小説を上梓する。夏祭り、時を超える薬、突然の別れ……しかしタイムリープ当日になっても十年前の自分は現れない。不審に思い調べる中で、美雪は恐るべき真実に気づく。SF史上最悪のパラドックスを描くシリーズ第一作

ハヤカワ文庫

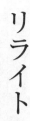

ハーモニー〔新版〕

伊藤計劃

二一世紀後半、人類は大規模な福祉厚生社会を築きあげていた。医療分子の発達により病気がほぼ放逐され、見せかけの優しさや倫理が横溢する〝ユートピア〟。そんな社会に倦んだ三人の少女は餓死することを選択した――それから十三年。死ねなかった少女・霧慧トァンは、世界を襲う大混乱の陰に、ただひとり死んだはずの少女の影を見る――『虐殺器官』の著者が描く、ユートピアの臨界点。

Cover Illustration redjuice

ハヤカワ文庫

著者略歴　作家　著書『煌帝《こうてい》のバトルスローネ！』『きみの分解パラドックス』『夜桜荘交幽帳　さよならのための七日間』他多数

HM=Hayakawa Mystery
SF=Science Fiction
JA=Japanese Author
NV=Novel
NF=Nonfiction
FT=Fantasy

誰《だれ》も死《し》なないミステリーを君《きみ》に

〈JA1319〉

二〇一八年二月二十日　印刷
二〇一八年二月二十五日　発行

（定価はカバーに表示してあります）

著者　井《い》上《うえ》悠《ゆ》宇《う》
発行者　早川浩
印刷者　入澤誠一郎
発行所　株式会社　早川書房
郵便番号　一〇一 - 〇〇四六
東京都千代田区神田多町二ノ二
電話　〇三 - 三二五二 - 三一一一（大代表）
振替　〇〇一六〇 - 三 - 四七七九九
http://www.hayakawa-online.co.jp

乱丁・落丁本は小社制作部宛お送り下さい。
送料小社負担にてお取りかえいたします。

印刷・星野精版印刷株式会社　製本・株式会社川島製本所

ISBN978-4-15-031319-7 C0193

本書は活字が大きく読みやすい〈トールサイズ〉です。